Jasper Vogt
Slachter Kohrs, Opa Möller, mien Neffe un ik . . .

# Jasper Vogt

# Slachter Kohrs, Opa Möller, mien Neffe un ik ...

**Verlag Michael Jung**

Der Verlag hat die plattdeutsche Schreibweise
vom Autor unverändert übernommen.

Besuchen Sie uns im Internet:
www.verlag-michael-jung.de

1. Auflage 2010
Alle Rechte vorbehalten
© 2010 by Verlag Michael Jung, Postfach 2604, 24025 Kiel
Einbandzeichnung: Wolfgang Nagl, NAGLDESIGN
Gesamtherstellung:
Hans Kock Buch- und Offsetdruck GmbH, Bielefeld
ISBN 978-3-89882-114-8

# Slachter Kohrs

## ANGST

Güstern bi Slachter Kohrs, segg ik to em: „Markst du egentlich wat vun de Weltwirtschaftskrise?"

„Na jo", seggt Slachter Kohrs, „dat markt wi jo all, dor kaamt wi nich üm rüm."

„Jo, un du, du snackst dor üm rüm", segg ik. „Markst du nu wat hier in dien Geschäft oder nich?"

„In mien Geschäft direkt nich", seggt Slachter Kohrs, „noch nich."

„Also geiht di dat jümmer noch wunnerbor", segg ik, „un allens annere is denn blots Snackeree, heff ik Recht?"

„Noch geiht mi dat good – noch!", seggt Slachter Kohrs. „Aver ik heff Angst, dat dat in de Tokunft anners ward. Un dat is nich good, wenn 'n Angst hett."

„Angst is good", segg ik, „Angst is jümmer good. Kennst du Reinhold Messner, den Bergsteiger?"

„Kloor kenn ik den", seggt Slachter Kohrs, „dat is doch de mit de krusen Hoor un den willen Boort."

„Jüst de", segg ik, „un de hett maal seggt: Wenn he maal keen Angst mehr hett, wenn he so op'n Barg ropstiegen deit, denn ward dat Tied, dat he op'n Stutz ophöört mit de Kraxelee. Denn Angst is wichtig, anners ward 'n lichtsinnig, seggt he."

„Ach wat, wenn ik Angst heff, denn ward mi slecht, un dat kann gor nich good sien", seggt Slachter Kohrs.

„Segg maal, wullt du ok wat köpen oder mi blots in'n Snack opholen?"

„Denn geev mi maal 'n Stück vun de Mettwust röver", segg ik.

„Geiht kloor! Aver noch maal to de Angst: Dat steiht doch överall in de Zeitung, dat 'n Angst hebben schall oder mutt oder wat weet ik. Hebbt se doch all."

„Du glöövst doch anners ok nich allens, wat in de Zeitung steiht", segg ik. „Du kennst doch de Geschicht, dat in de Zeitung steiht: Benzin ward knapp, un denn suust se all loos un wüllt Benzin köpen, wiel dat jo knapp warrn schall, un wat passeert? Benzin ward knapp. Jo, un denn steiht wedder in de Zeitung, dat se Recht hatt hebbt: Benzin is knapp worrn."

„Jümmer to Ostern un to Pingsten ward dat Benzin knapp", seggt Slachter Kohrs.

„Dumm Tüüch", segg ik, „dat ward nich knapp, dat ward dürer. Un de weet ok genau, worüm se dat to de Fierdaag dürer maken dot: Wiel de Lüüd denn wechfahrt. Maakst du doch ok, oder nich?"

„Ik heff 'n Diesel, du Klookschieter", seggt Slachter Kohrs. „Pack dien Mettwust man in un seh to, dat du 'n Dreih kriggst. – Tschü-hüß!"

# BEER UN WUST

Güstern bi Slachter Kohrs, kaam ik dor rin, seggt he to mi: „Segg maal, is dat dien Fohrrad dor buten? Mit de Kist mit de Bruusbuddels op'n Gepäckdräger? Dor pass man op, dat di dat nich rünnerfallt. Dat gifft 'n Riesen-Saueree, dor verlaat di to."

„Ik pass al op", segg ik, „un dat sünd ok nich Bruusbuddels, dat is Beer."

„Wat is dat, Beer? Dat glööv ik nich", seggt Slachter Kohrs. „Dat sünd doch witte Buddels, un de Kraam dor binn' is geel oder gröön oder wat?"

„Du weetst nich, wat modeern is", segg ik, „dat is de nee Trend, green lemon heet dat. Un dat is Beer."

„Igitt! Gah mi blots af mit sowat: Trend, wenn ik dat al höör!", seggt Slachter Kohrs. „Beer is Beer un mutt na Beer smecken, fardig is dat."

„Du", segg ik, „de Tied geiht jümmer wieder. Denk doch maal, fröher. Wenn uns Öllern dor in de Kneipe 'n Beer bestellt hebbt, hebbt se 'n Export kregen, un in Bayern is dat hüüt noch so. Un denn geev dat op'n Maal blots noch Pils. Un in Köln bringt se di 'n Kölsch un in Düsseldorf 'n Alt, un denn gifft dat Dunkelbeer un Weizenbeer."

„Och, ik mag dat allens nich", seggt Slachter Kohrs, „Hopfen un Malz, Gott erhalt's – dor kümmt dat her un dor geiht dat hen. Un de dat nich will, de schall sik Knallkööm rinkippen, Proseggo, dat is ok so'n neemod'schen Kraam. So, nu vertell mi lever, wat du hebben wullt. Oder wullt du mi blots in'n Snack opholen?"

„Nee nee", segg ik, „denn lang mi man maal wat vun den Gulasch dor röver", segg ik.

„Dat is keen Gulasch", seggt Slachter Kohrs, „dat is mien Spezial-Gyros. Dat is griechisch mit orginal griechisch Gewürz dor binn'."

„Wat schall dat denn", segg ik, „hest du keen Gulasch mehr? So as wi dat vun fröher kennt? Dat kann doch nich dien Eernst sien."

„Reeg di nich op", seggt Slachter Kohrs, „för de Lüüd, de nich mit de Tied gahn wüllt, heff ik sowat natüürlich jümmer noch. Aver dat is de nee Trend. Un mit de Wust is dat jüst so. Fröher, dor geev dat Mettwust un Lebberwust. Un hüüt? Hüüt heff ik al fief Sorten Salami, un de smeckt all anners, dat magst du glöven oder nich, aver dat is so."

„Villicht weer dat mit dat gröne Beer doch 'n Fehler", segg ik. „Denn pack mi man wat vun den Gyros in."

„Dat ward di smecken, dor bün ik seker. So, un nu seh to, dat du 'n Dreih kriggst. – Tschü-hüß!"

# BLOOTDRUCK

Güstern bi Slachter Kohrs, kaam ik dor rin, seggt he
to mi: „Wat grienst du denn so?"

„Ik heff hogen Blootdruck", segg ik.

„Un dor freist du di över?", seggt Slachter Kohrs.

„Pass op, dat is so", segg ik, „mi weer de lesden Daag
jümmer 'n beten swiemelig, hett de Aftheker mien
Blootdruck meten un hett denn seggt, de is to hooch,
dor mutt ik mit na'n Dokter hen."

„Un wat hett de Dokter seggt?"

„De hett seggt, mien Blootdruck is 'n beten hooch,
dor mutt ik oppassen. Un denn bün ik in'n Blomenlo-
den vun Fro Harms, un de seggt so: Na, wo geiht?
Vertell ik ehr dat mit mien' Blootdruck, un denn
seggt se, in'n Supermarkt gifft dat Blootdruck-Mess-
geräte in'n Sonderangebott. Un dor heff ik mi so'n
Ding hoolt."

„Na, dat is jo schöön. Wullt du bi mi denn ok wat kö-
pen, oder wullt du mi blots in'n Snack opholen?"

„Nee nee", segg ik, „lang mi man twee Kotletts röver.
Ik glööv, sowat dröff ik noch eten."

„Du dröffst allens eten, du schasst di blots nich jüm-
mer so opregen, dat is nich good för'n Blootdruck."

„Ik reeg mi nich mehr op, ik heff jo nu düssen Appe-
raat. Nu kann ik all fiev Minuten mien' Blootdruck
meten, wenn ik will. Un dat do ik ok. Dat maakt
Spaaß, du glöövst dat nich! Toeerst weern de Werte
hooch. Keem woll vun de Opregung, dat ik nu so'n
Ding heff. Teihn Minuten later weer allens normaal.
Heff ik eerst maal 'n Tass Koffie drunken."

„Jo, denn geiht de Druck hooch, dat is kloor."

„Even nich, de is rünner gahn! Heff ik noch 'n Tass drunken, is he wedder hooch gahn, heff ik twee Minuten later noch maal meten, weer he wedder ünnen, twee Minuten later weer he so hooch, dat ik dacht heff, de Apperaat is kaputt."

„Weetst du wat?", seggt Slachter Kohrs. „Ik maak di 'n Metz vun mi scharp, un denn söchst du twee ole Gabeln as Wundhaken rut, un denn probeerst du maal, wat du nich villich ok 'n Blinddarm rutnehmen kannst. Un wenn dat klappt, denn geihst du an de gröttern Saken ran. An di is 'n Dokter verloren gahn!"

„Weetst du, wat ik nich afkann?", segg ik. „Wenn een, den dat gesundheitlich weet Gott nich good geiht, wenn de nich eernst nahmen ward."

„Nu hau di man eerst maal to Huus de Kotletts in de Pann", seggt Slachter Kohrs. „Dat gifft Kraft in de Knaken, un denn kümmst du ok wedder op de Been, so slecht di dat in'n Ogenblick geiht. – Tschü-hüß!"

# DÜÜTSCH

Güstern bi Slachter Kohrs, seggt he to mi: „Kennst du Bayern?"

„Jo", segg ik, „Bayern kenn ik – Bayern München – Football, oder wat?"

„Nee, överhaupt Bayern", seggt Slachter Kohrs. „De Bayern, de dot doch jümmer so, as wenn se de Eenzigsten sünd, de weet, wat Düütsch is. Un wenn du in't Utland seggst, dat du Düütsch büst, denn geiht dat doch ok glieks loos mit Sauerkraut un Hofbräuhaus un Gemütlichkeit un dat allens, heff ik Recht?"

„Jo, kann angahn", segg ik, „aver wat wullt du dor mit seggen?"

„Ik heff leest: Dat Bloot, dat in de Addern vun de Bayern un düsse ganze Bagaasch fleten deit, dat is nich vun de Germanen, dat is veel mehr vun'n Balkan."

„So'n lütt beten frischet Bloot, dat is al jümmer good west, wenn dor maal wat vun twüschen kamen is."

„Aver gediegen is dat op jeden Fall", seggt Slachter Kohrs, „wiel doch jüst de Bayern jümmer op ehr Düütsch so veel Weert leggen dot. Ik heff Kundschopp, de hebbt 'n türkischen Naam, aver de snackt Plattdüütsch jüst so good as ik."

„Dat hett dat jümmer geven", segg ik. „In de föfftiger Johr, Football – kannst di dor noch op besinnen? Juskowiak, Szymaniak, Tilkowski – dat weer allens vun de Polen, de in'n Ruhrpott as Arbeider gahn sünd."

„Du hest ok blots Football in'n Kopp", seggt Slachter Kohrs. „Segg maal, wullt du ok wat köpen oder mi blots in'n Snack opholen?"

„Denn geev mi maal 'n Veddel vun de Gekokte rö-
ver", segg ik.

„Geiht kloor! Aver de Präsident vun Amerika", seggt
Slachter Kohrs, „dat is 'n Swatten oder tominnst half-
swatt is de, un sien Fro ok. Hett ok keen Minsch
glöövt, dat sowat noch maal kümmt. Un kann good
sien, dat de Präsident na em gor nich mehr Engelsch
snacken deit, sonnern Spaansch. Jo, un so geiht dat
wieder un wieder."

„Un wat wullt du dor mit seggen?"

„Du kennst doch mien Fro, de hett brune Ogen. Un
dat is doch good mööglich, dat dor vör tweehunnert
Johr villicht maal 'n Zigeuner dörlopen is."

„Dat heet nich mehr Zigeuner", segg ik, „dat heet
Roma un Sinti. Un wenn de 'n dütschen Pass hebbt,
denn sünd dat ok Dütsche, jüst so as du un ik."

„Mien Fro geiht di gor nix an", seggt Slachter Kohrs.
„Pack dien Veddel Gekokte man in un seh to, dat du
'n Dreih kriggst. – Tschü-hüß!"

# FIETE

Güstern weer ik maal wedder bi Slachter Kohrs. Seggt he to mi: „Du kennst doch Fiete Osendiek, oder nich?"

„Nee", segg ik, „Fiete Osendiek kenn ik nich."

„Doch, den kennst du", seggt Slachter Kohrs, „dat is de, de düt grote Wohnmobil hett, wo de Lüüd seggt, dat he dor jümmer in slapen deit, wenn sien Olsch em rutsmeten hett."

„Och, de", segg ik, „jo, den kenn ik. Dat is doch de, de bi de Füerwehr bi de lesde Übung mit sien C-Rohr dat Schaap vun Buur Fock vun'n Diek puust hett, wiel he so besopen weer."

„Nee", seggt Slachter Kohrs, „de is dat nich. Den ik meen, dat is de, de jümmer vertellt, dat he na Australien utwannern deit, wenn dat hier so wiedergeiht. Un nu hett sien Fro mi vertellt, dat sien Pass al siet fiev Johr aflopen is, un he hett dat noch gor nich markt."

„Och, de", segg ik, „jo, den kenn ik, dat is de, de versöcht hett, düsse Abwrackprämie för sien Moped to kriegen. Un nu hett he den Verdrag al ünnerschreven, un nu weet he nich, wat he mit dat twete Moped maken schall. Un dat mutt he jo nu betahlen."

„Jo, dat mutt he woll", seggt Slachter Kohrs. „Segg maal, wullt du ok wat köpen oder mi blots in'n Snack opholen?"

„Denn geev mi maal twee Karbonaden röver."

„Geiht kloor! Aver de, den ik meen, dat is de, de jümmer mit düssen Hoot rümlopen deit. Un in den Kleengoornvereen is he de twete Vörsitter – den kennst du! Wenn du em sühst, denn weetst du genau, keen ik meen."

„Is dat de, den sien Dochter so lange blonde Hoor hett?"

„De hett gor keen Dochter", seggt Slachter Kohrs, „den du meenst, dat is de, de veer Richtige in'n Lotto harr, un denn hett sik rutstellt, dat he sien Schien nich afgeven hett. Nee, den ik meen, dat is de, den sien Söhn to Ostern mit 'n Trecker in'n Graven fohrt is. Un dor weer de eerst veerteihn, dat mutt 'n sik maal vörstellen."

„Och, den, den kenn ik", segg ik, „den heff ik maal fiev Mark lehnt. Un de heff ik bet hüüt noch nich trüch. Un nu hebbt wi al Euro, dor mutt ik mi dat direkt maal utreken, woveel dat hüüt is mit de Tinsen, de dor tokaamt. Wat is mit den?"

„Och, nix", seggt Slachter Kohrs, „de hett güstern sien Handy hier bi uns liggen laten. Un ik bün seker, dat hett düsse Döösbaddel bet hüüt jümmer noch nich markt."

„Woso hest du em dat denn nich seggt?"

„Dat harr ik jo maakt", seggt Slachter Kohrs, „aver he is hüüt noch nich wedder hier west."

„Un woso röppst du em nich an?", segg ik.

„Ik kann em jo nich anropen, wiel sien Handy hier bi uns is."

„Un wat is mit Festnetz", segg ik, „woso hest dat dor nich maal versöcht?"

„Wo schall ik de Nummer denn herkriegen, kannst mit dat maal vertellen?", seggt Slachter Kohrs.

„De Nummer is doch seker in de Telefoonlist op sien Handy", segg ik. „hest dor maal nakeken?"

14

„Woso schall he denn sien egen Festnetznummer op
de Telefoonlist vun sien Handy doon, du Klookschie-
ter", seggt Slachter Kohrs. „De röppt sik doch nich
sülvst an! So, nu pack dien Karbonaden man in un
seh to, dat du 'n Dreih kriggst. – Tschü-hüß!"

# GEWÜRZE

Güstern bi Slachter Kohrs, seggt he to mi: „Na, wat wullt du denn hebben – hier vun de Lebberwust? Probeer maal düt Stück, de heff ik nee."

„Wat is dor denn binn'?", fraag ik em.

„Jo, de is good, ne? Dor heff ik maal annere Gewürze rindahn! Dat gifft so veel Gewürze, de kennt de Lüüd mehrstieds gor nich. Wenn du maal tofällig dor de nee Hafen-City di ankieken deist, denn muttst du maal vörher dör de Speicherstadt gahn. Dor kannst wat beleven, dat segg ik di!"

„Dat kenn ik dor allens", segg ik. „Ik bün dor geern. Alleen wat dat dor rüken deit, so richtig exotisch is dat. Un dat kümmt vun de velen Gewürze, de dor lagert ward. Hamborg is jo Hobenstadt, un hier bi uns ward dat allens anland't vun Översee."

„Dor gifft dat sogor richtig 'n Gewürzmuseum", seggt Slachter Kohrs. „Dor bün ik maal west, un dorüm heff ik nu ok maal wat Neet utprobeert mit düsse Lebberwust hier."

„Wenn ik so an fröher denken do", segg ik, „mien Modder, de hett doch blots Peper kennt un Solt, dat weer't denn – na good, af un an maal 'n beten Muskat övern Blomenkohl un 'n Tube Semp för de Frikadellen, dat villicht noch. Aver mehr weer dat denn ok nich. Un Knoblauch to'n Bispill? Hah, wenn dor een na Knoblauch rüken dee, denn hebbt de Lüüd sik schöddelt, aver in de Aftheek de Knoblauchpillen köpen, dor weer dat denn mit 'n Maal nich mehr so slimm."

„Knoblauchpillen, sowat nehm ik nich", seggt Slachter Kohrs. „Dat bruuk ik nich, ik heff noog Knoblauch in mien Wust. Hier, probeer maal, dat is de, de de Türken jümmer bi mi köpen dot, de is lecker. Un gesund is de ok. Dat is jo de Witz, dat Gewürze jo nich blots för'n Smack good sünd, sonnern ok för de Gesundheit. Villicht weetst du dat gor nich, aver fröher hett dat Gewürze blots in de Aftheek geven, jo, dat stimmt würklich! Kümmel to'n Bispill, kennt wi all, gifft Smack un is gesund!"

„Ik drink keen Kümmel", segg ik. „Wenn ik Snaps drinken do, denn villicht 'n Whisky oder sowat."

„Dat is maal wedder typisch: Dor denkst du natüürlich toeerst an, Kümmel in de Buddel ... Ik meen den Kümmel, de an'n Kohl kümmt, den meen ik! Un worüm kümmt de an Kohl ran? Wiel de Blähungen wechnimmt, so is dat. Na good, de ut de Buddel, de is mennigmaal ok nich verkehrt. Vun de Wirkung her is dat ok nich veel anners, aver nich, wenn du de Buddel glieks op een' Toch leddig maken deist! So richtig gesund is dat denn ok nich mehr. So, nu pack dien Lebberwust man in un seh to, dat du 'n Dreih kriggst. – Tschü-hüß!"

# GRILLEN

Güstern weer ik maal wedder bi Slachter Kohrs. Segg ik to em: „De nee Boomarkt üm de Eck, dor harrn de so neemoodsche Grill-Apparaturen in't Angebott, heff ik mi ok so een hoolt. Un nu maakt wi Sünnavend grote Einweihung vun dat Ding. Nu bruuk ik Fleesch, dat ik dor ropleggen kann."

„Du wullt grillen? Holtkohle oder Gas? Jo, dat is 'n groten Ünnerscheed", seggt Slachter Kohrs. „Fröher geev dat jo sowat gor nich mit Gas, dat is eerst in de lesde Tied kamen."

„Jo", segg ik, „wegen de Diskuschoon vunwegen krebserregende Stoffe un dat allens."

„Ik meen, dat kann jo angahn, dat dat stimmt", seggt Slachter Kohrs, „aver ik heff siet över twintig Johr an de Ostsee mien Wohnwagen stahn, un wat meenst du, wat wi dor in de Tied allens grillt hebbt! Un jümmer op Holtkohle! Un denn muttst du de Beerbuddel nehmen, so den Dumen rop, schöddeln, un denn rö-versprütten över dat Fleesch. Dat gifft Smack an de Saak, dat segg ik di!"

„Dat mit dat Beer röver", segg ik, „dat schall ok nich gesund sien."

„Ach, wat is denn hüüt noch gesund", seggt Slachter Kohrs. „Wenn ik an'n Morgen in't Blatt kieken do, denn finn' ik dor, wenn ik will, elkeen Dag twintig Grünn', dat ik an' Avend nich mehr an' Leven bün. Un ik leev jümmer noch. So, nu segg lever, wat du hebben wullt. Oder wullt du mi blots in'n Snack opholen?"

„Mein Zeit", segg ik, „wat to'n Grillen will ik heb-

ben, heff ik doch seggt: Thüringer, Nackenkotelett –
dat vulle Programm!"

„Na good, ik stell di wat tosamen. Jo, du maakst dat
richtig: Fett mutt dat sien, wenn du grillen deist",
seggt Slachter Kohrs. „Dat gifft Lüüd, de packt dor
dat düürste Fleesch rop, Filet un sowat, un denn
smeckt dat överhaupt nich, wiel dat dröög ward."

„Minsch, du sittst doch an de Quelle", segg ik, „du
bruukst dor doch blots henlangen, wenn du wat heb-
ben wullt. Wat hest du denn an'n leevsten, wenn du
grillen deist, häh?"

„A-hem, jo, äh, Fisch", seggt Slachter Kohrs.

„Bidde?"

„Jo, do mi een Gefallen, un vertell dat nich wieder",
seggt Slachter Kohrs, „aver Fisch vun'n Grill, wat Be-
teres gifft dat nich. Un gesund is dat ok noch. Schaad
is, dat ik dat blots heemlich maken kann. Ik as Slach-
ter, un denn Fisch? Dat maakt keen' goden Indruck.
So, nu pack dien Grill-Kraam man in un seh to, dat
du 'n Dreih kriggst. – Tschü-hüß!"

# TALLEN

Güstern weer ik maal wedder bi Slachter Kohrs. Also, he snackt jo veel, aver Spaaß bringt dat, wenn dat so hen un her geiht. Segg ik to em: „Holl di fast! Ehr dat ik segg, wat ik hebben will, muttst du weten, dat ik hüüt nich betahlen kann."

„Wat sünd dat denn för nee Moden", seggt Slachter Kohrs, „dat kenn ik jo gor nich bi di."

„Ik weer bi de Bank an'n Automaten", segg ik, „un dor heff ik dreemaal achter'nanner de verkehrte Geheemtall ingeven. Un zack! – weer se wech, de Koort."

„Dreemaal achter'nanner de verkehrte Tall?", seggt Slachter Kohrs. „Dat is aver ok 'n beten dösig."

„Ik heff 'n neet Handy", segg ik, „un dat dat 'n beten eenfacher to marken is, heff ik de Geheemtall vun mien Konto ok as Geheemtall för mien Handy nahmen. Un dor heff ik ut Versehen 'n Tallendreiher inboot. Handy maak ik elkeen Dag an, aver to'n Bankautomaten gah ik jo nich so oft. Un nu is de Koort erst maal wech, un nu heff ik keen Geld dorbi."

„Na, denn will ik man nich so sien un geev di liekers wat", seggt Slachter Kohrs. „Muttst mi blots seggen, wat du hebben wullt. Oder wullt du mi blots in'n Snack opholen?"

„Och, denn geev mi man maal 'n Stück Putenbrust un twee Wiener", segg ik.

„Geiht kloor! Aver dat mit de velen Geheemtallen un Passwörter un dat allens, dat ward ok jümmer slimmer", seggt Slachter Kohrs. „Ik bün ganz ehrlich, ik heff dor ok mien Last mit. Weetst du, wat ik maakt heff? Ik heff dat allens op'n Zeddel schreven. Den heff ik jümmer bi mi. Aver wenn ik den maal verleer, denn bün ik opsmeten."

„Jo, un wenn den Zeddel een finn' deit", segg ik, „denn büst du noch veel mehr opsmeten. Denn kümmt de Bank an un de Versekerung un de all, un denn kriegt se di bi de Büx wegen Lichtfardigkeit un Mitschuld un sowat. Denn kümmt för den Schaden keeneen mehr op."

„Ach du grote Grüttwust. Jo, aver wat schall ik denn maken!", seggt Slachter Kohrs. „Ik kann dat nich allens in'n Kopp behalen, deit mi Leed. Weetst du wat? Ik smiet all de Korten wech un gah na de Bank as fröher un laat mi Bargeld geven. Un Internet un Online un de hele Kraam, dat kann mi allens stahlen bleven. Bi mi in mien Laden ward ok bar betahlt. Un wenn een so as du sien Geld vergeten hett, denn ward anschreven, is doch ok nich slimm", seggt Slachter Kohrs. „So, nu pack dien Kraam man in un seh to, dat du 'n Dreih kriggst. – Wat du mi schüllig büst, dat vergeet ik aver nich, dor verlaat di to! – Tschü-hüß!"

Jo, ik segg jo, he snackt veel, uns Slachter Kohrs, aver Spaaß bringt dat, wenn dat so hen un her geiht. Tokamen Week gah ik dor wedder hen un bring em dat Geld, is jo woll Ehrensaak.

# NA DE WAHL

Jüst even weer ik bi Slachter Kohrs. Kaam ik dor rin, seggt he to mi: „Du kannst hüüt snacken, vun wat du wullt, aver bidde nich vun de Wahl."

„Woso?", segg ik, „Ik heff doch noch gor nix seggt."

„Noch nich, aver ik kenn di. Ik will Freden hier in mien Loden. Opreegt heff ik mi güstern Avend al noog."

„Woso hest du di denn opreegt?", segg ik. „Dat ward nu allens anners un keen weet, wo dat good för is."

„De sünd doch all gliek hüüttodaag", seggt Slachter Kohrs. „Fröher weer dat eenfacher. Dor geev dat links un rechts, un in de Mitt, dor weer ok gor nich so veel Platz. Jo, un wat is hüüt? Holl doch blots op, Volkspartei – dat is de een nich, un de anner ok nich mehr. Un denn noch düsse slechte Wahlbeteiligung! Un dat mit düsse Überhangmandate, dat begriep ik sowieso nich, dor bün ik ganz ehrlich."

„Hah!", segg ik. „Nu heff ik di faat. Nu fangst du sülvst an mit Politik, un mi hest du dat verbaden."

„Vörsichtig, jo! Wullt du egentlich ok wat köpen hier bi mi oder mi blots in'n Snack opholen?"

„Pass op", segg ik, „denn maak ik maal hüüt ... grote Koalitschoon."

„Häh?"

„Jo, Gulasch – halv Rind, halv Swien."

„Maak du man dien Witzen, villicht ward sik dat noch rutstellen, dat wi dor gor nich so slecht mit fohrt sünd, mit düsse grote Koalitschoon", seggt Slachter Kohrs. „Un hexen köönt de all nich, ok nich de Westerwelle. Also, wenn de nu Außenminister ward, ik weet nich."

„Hest dat Hemd vun den Steinmeier sehn?", segg ik. „Dat is düür west, dat kunn 'n op den eersten Blick sehn."

„Ach nee. Un wat seggst du to düsse rode Jack vun de Merkel, de de anharr?", seggt Slachter Kohrs.

„Also, de mit ehr Klamotten, ik weet nich. Aver dat hett nu nix mit ehr Politik to doon, dat du nich op verkehrte Gedanken kümmst! Weetst du, wat för mi wichtig is? Dat de Vegetarier nich dat Seggen kriegt! Anners kann ik mien Slachteree hier dicht maken."

„Na, ik weet nich", segg ik, „so sluusohrig as du büst, kunn ik mi good vörstellen, dat dat keen veerteihn Daag duurn deit un du hest di ümstellt op Tofu-Frikadellen un Wüstchen ut Bambusmehl."

„Pass blots op un seh to, dat du 'n Dreih kriggst. Anners nehm ik di dat Grote-Koalitschoon-Gulasch wedder wech. – Tschü-hüß!"

Tjä, so is he, uns Slachter Kohrs. Un tokamen Week gah ik dor wedder hen, un denn verklaar ik em dat mit de Überhangmandate, wenn ik överhaupt to Woort kaam.

# WEDDER

Güstern weer ik maal wedder bi Slachter Kohrs. Segg ik to em: „Mann, dat is aver ok 'n Wedder hüüt, finnst du nich?"

„Nu fang blots nich an, över dat Wedder to quesen", seggt Slachter Kohrs. „Na good, wenn dat to hitt is, denn is mi dat ok to veel, aver wenn maal dree Daag lang Sünnschien is, denn heet dat glieks: Hitzewelle. Un wenn dat denn maal regen deit un de Buur sik freit, denn geiht dat loos mit ‚Unwetterkatastrophe', blots wiel dor een weer, bi den 'n beten Water in'n Keller lopen is. Un all schreet se, dat wi lang keen witte Wiehnacht mehr hatt hebbt, un wenn dat denn maal Snee gifft, denn is dat glieks 'n Sneekatastroof."

„De Lüüd ward sik noch wunnern, wat dor noch so allens op uns tokümmt, wat dat Klima angeiht", segg ik. „Dat seggt de Experten jo ok jümmer. Aver de een seggt so un de anner seggt so, weet 'n ok nich, wat 'n denn nu glöven schall! Aver dat een kann ik nich af: Wenn een kümmt un seggt, mi is dat egaal, wat in hunnert Johr is, dor leev ik sowieso nich mehr."

„Hier, de Buur, de de grote Schonung hett mit de dicken Bööm", seggt Slachter Kohrs, „dor heff ik maal mit em över snackt. Dat sünd Bööm, de hett sien Grootvadder plant, jo, dat stimmt würklich! Un de Bööm, de he nu anplanten deit, hett he vertellt, dor hebbt sien Enkelkinner villicht maal wat vun."

„Jo, op'n Lann is dat noch allens 'n beten anners", segg ik. „In de Stadt, dat süht 'n jo in Fernsehn jümmer wedder oder in de Zeitung, dor geiht dat üm

Rendite Rendite Rendite, un dat mutt aver vun hüüt op morgen sien. Sowat kann 'n mit de Natuur nich maken, de lett sik nich dwingen, dat beleevt wi doch jümmer wedder."

„Aver mennigmaal weet 'n jo nu würklich nich, wat 'n maken schall", seggt Slachter Kohrs. „Dat Auto, wat ik verleden Johr köfft heff – jo, heff ik nu extra 'n Diesel nahmen. Heff ik dacht, do ik maal wat för de Umwelt, heff ik sogoor noch extra düssen Filter in-boon laten. Un wat is nu? Nu heet dat mit'nmaal, dat is ok nich dat Richtige. Un billiger is de Diesel jo nu ok nich mehr, wenn ik Pech heff. Ik kann jo nu nich Heizöl in'n Tank kippen! Nee, dat do ik nich. Is jo ok verbaden."

„Wat dat Wedder angeiht", segg ik, „dor nehm ik dat, wat wi hebbt, jo, anner Wedder gifft dat jo nich. Un vun de Rümqueseree ward dat Wedder ok nich an-ners, dat vergeet de Lüüd af un an, heff ik dat Ge-föhl."

„Dor hest du ok wedder Recht", seggt Slacher Kohrs. „So, nu pack dien Kraam man in un seh to, dat du 'n Dreih kriggst. – Tschü-hüß!"

# WEISSWURST

Güstern weer ik maal wedder bi Slachter Kohrs. Kaam ik dor rin, segg ik to em: „Hest du egentlich ok Weißwurst?"

„Aver kloor heff ik de", seggt Slachter Kohrs. „Du meenst woll, ik kann sowat nich. Dat is ok jümmer so'n Ding, dat de Lüüd glöövt, sowat gifft dat blots in Bayern. Aver nu pass maal op, wat ik di vertell, un dat is keen Witz. Elkeen Johr gifft dat so'n Pries in Bayern, wokeen de beste Weißwurst maken deit, un nu kümmt dat: Siet vele Johr al geiht de Goldmedallje jümmer na Hamborg. Jo, na Hamborg-Eimsbüddel, dat is wohr! De hett dor woll so'n Rezept utklamüstert, weet ik nu ok nich, wat dor allens binn' is, verraadt he jo ok nich, is doch kloor – jo, un denn gifft dat dor woll jümmer so'n Blindverkostung, un denn geiht de drütte Pries na Bayern un de twete Pries geiht ok na Bayern – un de eerste geiht na Hamborg."

„Hest du för dien Wust denn ok 'n Pries kregen?", segg ik.

„Mien Weißwurst is ok nich slecht, dor kannst di to verlaten", seggt Slachter Kohrs. „Ik heff sogoor den orgiaal Semp för di, den bayrischen!"

„Dat gifft Lüüd", segg ik, „de eet alleen dorüm keen bayrische Wust, blots wegen Bayern München, wiel de nu villicht wedder Meister ward. Wenn een HSV-Fan is oder St. Pauli, de bitt sik doch lever de Tung af, ehr dat he bayrische Wust op'n Disch kriegen deit, is doch kloor."

„Hier keem maal een rin so mit St. Pauli-T-Shirt un dat allens", seggt Slachter Kohrs, „de hett glieks wed-

der ümdreiht, as he hier den Lebberkees un de Weiß-
wurst sehn hett. Dat stimmt würklich, dat heff ik be-
leevt!"

„Ik meen, Bayern München, slecht sünd de jo nich",
segg ik. „Aver wenn de so veel Geld hebbt un kööpt
sik jümmer de besten Speler, de op'n Markt sünd, un
denn haut se allens wech – intressant is dat denn ok
noch mehr, dat is doch kloor. So'n lüttbeten Span-
nung mutt dorbi sien, anners blievt de Lüüd to Huus
un kiekt sik dat in'n Fernsehn an."

„För Bayern München kaamt ok maal anner Tieden",
seggt Slachter Kohrs. „Un wenn eerst maal HSV Meis-
ter is un St. Pauli in de eerste Liga, denn ward wi de
Bayern noch das Labskaus-Eten bibringen, meenst
nich? So, nu pack dien Kraam man in un seh to, dat
du 'n Dreih kriggst. – Tschü-hüß!"

# WERBUNG

Güstern weer ik maal wedder bi Slachter Kohrs. Also, he snackt jo veel, aver Spaaß bringt dat, wenn dat so hen un her geiht.

Seggt he to mi: „Hest du güstern in'n Fernsehn ok den Tatort keken?"

„Nee", segg ik, „weetst du, wat ik sehn heff? Dat geev to'n twintigsten Maal de Wedderholung vun düssen James Bond. Dat weer een vun de eersten, Sean Connery weer dat noch. De kiek ik mi to un to geern noch maal an, de olen Dinger."

„Düsse Privatsender", seggt Slachter Kohrs, „dor warrst du jo mall in'n Kopp. Jümmer bölkt mi düsse Werbung dortwüschen an, deit mi Leed, dat kann ik nich af."

„Hest du dien Fernbedienung al maal ankeken?", segg ik. „Dor gifft dat 'n Knoop, dor kannst du den Ton mit afstellen, du warrst dat nich glöven."

„Kloor kenn ik den Knoop", seggt Slachter Kohrs, „ik bün jo nich dösig. Aver dat mit de Werbung kümmt jümmer denn, wenn dat spannend ward un wenn 'n dor nich mit reken deit. Un denn knallt dat vun een' op'n annern Ogenblick loos, so gau hett keen Minsch de Fernbedienung achter dat Sofaküssen wedder rutgrabbelt."

„Bi mi klappt dat", segg ik. „Ik heff fröher Handball speelt. Mit de Konditschoon is dat villicht nich mehr so, aver de Reaktschoon, de is noch dor."

„Wenn dien Reaktschoon so grootoordig is", seggt Slachter Kohrs, „denn kannst jo maal seggen, wat du hebben wullt. Oder wullt du mi blots in'n Snack opholen?"

„Nee, denn lang mi man maal twee Rumpsteaks rö-ver", segg ik.

„Geiht kloor! Fröher, as ik lütt weer, dor weer dat be-ter mit 'n Fernsehn", seggt Slachter Kohrs. „Dor geev dat noch nich so veel Werbung. Aver dat kümmt al-lens ut Amerika."

„Werbung is intressant", segg ik. „Dat geiht nich un-bedingt üm de Produkte, dat geiht üm dat Levens-geföhl. Werbelüüd sünd Illusionisten. Dat sünd de modernen Märken-Verteller, dat is Pop-Kultur!"

„Ach, Snack", seggt Slachter Kohrs, „lila Köh, Autos, de flegen köönt, Putzmittel, de de Köök mit 'n Wir-belwind vun alleen reinmaken dot – dat is doch allens unecht un Lögenkraam."

„Nix op de Welt is echt", segg ik, „allens is blots 'n Illusion vun de Würklichkeit. Un de dat nich wohr-hebben will, dat is 'n Kulturverweigerer."

„Jojo, du büst mi so de richtige Kulturbüdel", seggt Slachter Kohrs. „Pack dien Steaks man in un seh to, dat du 'n Dreih kriggst. – Tschü-hüß!"

# ZEITUNG

Güstern bi Slachter Kohrs, seggt he to mi: „Dat, wat du dor ünnern Arm hest, dat gifft dat ok nich mehr lang."

„Dat is 'n Zeitung", segg ik.

„Jo, dat seh ik", seggt Slachter Kohrs, „sowat gifft dat bold nich mehr."

„Wo kümmst du dor denn op", segg ik.

„Stunn in de Zeitung", seggt Slachter Kohrs.

„Ik will di maal wat seggen", segg ik, „solang sowat in de Zeitung steiht, solang is mi nich sünnerlich bang, dat dat sowat as 'n Zeitung nich mehr gifft."

„Oh, du warrst di wunnern", seggt Slachter Kohrs, „ok Böker un sowat allens, dat duurt nich mehr lang, denn is dat ut, denn is dat ut de Mood, denn is dat historisch."

„Pass man lever op, dat du nich hysterisch warrst", segg ik.

„Doch, dat is so", seggt Slachter Kohrs. „Mien lütte Enkel, du magst dat glöven oder nich: Wenn 'n dor nich oppasst, denn hangt de den helen Dag vör sien Computer."

„Aver dien Fleesch un dien Wust, dat gifft dat noch in real, oder is dat, wat dor liggen deit, ok al virtuell", segg ik, „un du wullt mi blots in'n Snack opholen, dat ik dat nich mark?"

„Nee nee", segg Slachter Kohrs, „solang ik leven do, kriggst du vun mi dien Wust in'n Natuurdarm, dor verlaat di to."

„Na good", segg ik, „denn lang mi man maal wat vun de Lebberwust röver. Aver weetst du, ik glööv dat allens nich so recht, wenn de Lüüd vertellt, wat allens starven deit un wat anners ward. Plattdüütsch to'n Bispill: Siet ik denken kann, höör ik, dat Plattdüütsch utstarven deit. Un wat is? Wi staht hier un snackt Platt un markt dat noch nich maal."

„Dat kannst nich verglieken", seggt Slachter Kohrs.

„Kann ik woll", segg ik. „Eerst hebbt se dat Kino erfunn', hett dat heten: Oha, nu geiht keen Minsch mehr in't Theoter, Theoter is doot. Denn keem Fernsehn, denn Computer. Un wat is hüüt? Wi hebbt Computer un Fernsehn un Kino un Theoter, allens een bi't anner, un nix is doot."

„Pass man op, dat du hier keen Theoter maken deist", seggt Slachter Kohrs. „Ik will jo ok, dat dat wiederhen Zeitungen gifft. Anners wüsst ik jo gor nich, in wat ik dat Hunn'- un dat Kattenfudder inwickeln schall."

„Kiek an", segg ik, „dat is maal 'n Argument, dat mi övertügen deit. Denn pack man mien Lebberwust in, aver nich in Zeitungspoppeer, de is nämlich för mi un nich för mien Hund!"

„Nu seh man to, dat du 'n Dreih kriggst un vergeet dien Zeitung nich, morgen is de nämlich blots noch Altpoppeer. – Tschü-hüß!"

# NEE TIED

Güstern bi Slachter Kohrs, kaam ik dor rin, seggt he to mi: „Wat is loos mit di, du büst jo veel to laat hüüt."

„Wat schall dat denn heten", segg ik, „hebbt wi 'n Termin, wi beid, oder wat?"

„Dat nich", seggt Slachter Kohrs, „aver du büst later, as du anners jümmer kamen büst, ik kenn di doch."

„Dat liggt an de Wintertied", segg ik.

„Wat is dat denn nu wedder för'n Blöödsinn! De Üm-stellung is doch al lang west. Un du markst dat nu eerst?"

„De Körper bruukt sien Tied", segg ik. „Bi mi duurt dat. Un nu is Harvst, nu kaam ik even later."

„Momang!", seggt Slachter Kohrs. „Dat stimmt jo nu vörn un achtern nich. Wenn du de Klock trüch stellt hest, un du geihst denn mientwegen to de Tied loos, as du jümmer loos gahn büst, denn büst du 'n Stünn fröher hier un nich 'n Stünn later."

„Ääh, weetst du, wat du maakst?", segg ik. „Du maakst mi mall in'n Kopp. Düt Johr heff ik to'n eers-ten Maal dat Geföhl hatt, ik heff dat begrepen mit Sommertied un Wintertied un dat ward fröher dunkel oder hell oder wat weet ik, un nu kümmst du an un maakst mi verrückt."

„Ik maak di gor nix", seggt Slachter Kohrs. „För dien Brägen büst du sülvst verantwortlich. Wullt du egent-lich ok wat köpen hier oder mi blots in'n Snack opho-len?"

„Na good", segg ik, „denn lang man wat vun de Brä-genwust röver. Brägen gifft Brägen."

„Dat mit düsse Sommer- un Wintertied", seggt Slachter Kohrs, „dat is sowieso 'n Witz. Elkeen Johr hier bi mi in'n Laden de sülvige Snackeree, wat ik mi dor anhören mutt. Denn dot se jümmer so, as wenn dat nich to begriepen is. Dat is doch heel eenfach: Du stellst de Klock trüch, un denn ward dat fröher duster, so is dat."

„Fröher duster? Nee, later", segg ik.

„Fröher, later, also, nu maakst du mi aver ok dör'nanner", seggt Slachter Kohrs. „In'n Winter ward dat fröher duster, dat is al jümmer so west. Un mit de Klock hett dat gor nix to doon, dat is de Natuur."

„Weetst du, wat ick glööv?", segg ik. „Ik glööv, du kriggst dat ok allens dör'nanner, so as du snacken deist."

„Nu pack du dien Wust man in un seh to, dat du 'n Dreih kriggst, ehr dat dat duster ward. De Sommertied is vörbi! – Tschü-hüß!"

He snackt jo veel, uns Slachter Kohrs, aver Spaaß bringt dat, wenn dat so hen un her geiht.

Un tokamen Week gah ik dor wedder hen, un denn 'n Stünn later oder fröher.

# GRÖÖNKOHL

Güstern bi Slachter Kohrs, kaam ik dor rin, seggt he to mi: „Na, wat wullt du denn hebben?"

Ik segg: „Swiensback un Kookwust."

„Oh, dat höört sik aver na Gröönkohl an", seggt Slachter Kohrs, „jo, woso ok nich, de Gröönkohltied is jo noch nich vörbi."

Ik segg: „Gröönkohl, dat hett jo Traditschoon hier in Norddüütschland, dat 'n anstännig wat op de Rippen kriggt un de kohle Johrstied beter utholen kann."

„Ik wunner mi blots jümmer wedder", seggt Slachter Kohrs. „dat hele Johr över heet dat bi de Lüüd: blots nich so fett, un dütmaal laat wi dat aver sien mit dat traditschonelle Gröönkohleten un wat dat dor anners noch so allens gifft. Un wat is denn? Denn geiht dat doch wedder loos."

„Gröönkohl mutt sien", segg ik.

„Wenn mien Fro Gröönkohl maken deit", seggt Slachter Kohrs, „dat is jümmers 'n Festeten. Mien Fro stammt ut Dithmarschen dor düsse Gegend, un dor ward de Gröönkohl jo ganz anners maakt as, seggt wi maal: in Bremen to'n Bispill, de mit ehr'n Pinkel-Kraam. Jo, dat kümmt allens vun de Traditschoon her."

„Aver Frost mutt he hatt hebben", segg ik, „anners ward dat nix."

„Ik mutt ehrlich seggen, ik kann dat gor nich mehr af, wenn dat so fett is", seggt Slachter Kohrs. „Un denn düsse groten Portschonen! Un denn jümmer twüschendör 'n Kööm för de Verdauung. Jo, dor mutt de Körper ok eerst maal mit kloorkamen!"

„Dat gifft jo Lüüd", segg ik, „för de is de Gröönkohl gor nich so wichtig, för de geiht dat mehr üm de Superee achterran."

„Ik weet dat noch genau, fröher, as wi noch den annern Laden harrn", seggt Slachter Kohrs. „Dat weer jo op'n Dörpen. Un dor weern wi natüürlich ok in'n Sparclub, un denn elkeen Maand dor wat inbetahlen, un de dat nich maakt oder dat vergeten deit, de mutt Straaf betahlen."

„Jo, un wenn dat Johr denn üm is", segg ik, „wat ward denn maakt mit dat Geld? Genau, dat grote Gröönkohleten. Un denn de Gröönkohl-Königin un de Gröönkohl-König, un jümmer wedder 'n Kööm dortwüschen. Un wenn di denn achterran slecht is, denn weetst du ok nich so genau, wat dat nu vun den Gröönkohl un de fette Swiensback kamen is oder mehr vun de Superee. Dorüm is dat mit den Sparclub ok jümmer mehr so'n Witz."

„Dat is överall so bi düsse Sparclubs, heff ik höört", seggt Slachter Kohrs. „Aver wenn dat blots eenmaal in't Johr is, is dat nich so slimm, un dat hett 'n denn jo ok vörher wusst. – So, nu pack dien Swiensback un Kookwust man in un seh to, dat du 'n Dreih kriggst. – Tschü-hüß!"

# WIEHNACHTSGESCHENKE

Güstern bi Slachter Kohrs, seggt he to mi: „Na, wat maakst du denn för'n Gesicht! Weetst maal wedder nich, wat du dien Fro to Wiehnachten schenken schallst?"

„Holl blots mit dat Thema op", segg ik. „Wi schenkt uns düt Johr nix, hebbt wi beslaten."

„Hah, dor mutt ik aver lachen!", seggt Slachter Kohrs. „Dat hest du letzt Johr ok seggt. Un weetst du noch, wat denn weer? Dütmaal wat ut Platin, Liebling!"

„Düt Johr meent wi dat eernst", segg ik, „dor treckt wi dat dör, ik tominnst. Jo, würklich: nix, gor nix. Wat schüllt wi uns denn schenken? Wi hebbt doch allens, wat wi bruukt."

„Na, ik weet nich", seggt Slachter Kohrs, „ik kunn mi vörstellen, dat dien Fro dat 'n lüttbeten anners süht. Hier, kiek maal, wat ik hier liggen heff, dat weer in de Zeitung vun hüüt: hunnertdörtig Geschenk-Ideen, dien Koophuus. Kiek dor maal rin, wat dor allens binn'n is: luter Saken, de dien Fro noch nich hett."

„Jo, un allens Saken, de se ok nich bruken deit", segg ik. „Dat is doch dat Verrückte! De een schenkt wat, un den annern ward wat schenkt, un to'n Sluss hebbt de Lüüd all Saken, de se nich hebben wüllt. Un worüm wüllt se de nich hebben? Wiel se de in Würklichkeit ok nich bruken köönt, dat is de Grund."

„Wat 'n jümmer bruken deit, dat is 'n anstännig Stück Fleesch op'n Disch. Wullt du nu hier wat köpen, oder mi blots in'n Snack opholen?"

„Na good", segg ik, „denn lang man twee Beefsteaks röver."

„Wenn du würklich to Wiehnachten nix hebben wullt", seggt Slachter Kohrs, „denn kann ik den Kalenner jo woll beholen, den du de Johr jümmer vun mi kregen hest."

„Nee, bidde nich!", segg ik. „Dat is wat anners. So'n Kalenner bruukt 'n jo, de ole is jo nix mehr weert. Un ik weet dat doch genau, de is bi di jümmer so wunnerschöön inpackt, richtig Wiehnachtspoppeer, un 'n Slööp dor üm un sowat. Un denn liggt tominnst een Pakeet ünnern Boom, wenn mien Fro dat würklich wohr maken deit, wat wi beslaten hebbt."

„Schall ik di 'n Tipp geven?", seggt Slachter Kohrs. „Kööp dien Fro man ruhig wat to Wiehnachten, mutt jo nich glieks 'n Brilli sien. Aver so gor nix, nee, dat geiht nich good, nich to Wiehnachten. Un nu pack du dien Fleesch man in un överlegg di dat noch maal! – Tschü-hüß!"

Ik segg jo, he snackt veel, uns Slachter Kohrs, aver wenn he Recht hett, hett he Recht. Villicht kööp ik doch wat, noch is jo Tied!

# Opa Möller

## GOOD UN SLECHT

Droop ik Opa Möller maal wedder in't Treppenhuus.
„Na, Opa Möller, geiht good?"
„Jo, slechte Minschen geiht dat jümmer good. Segg
maal … kennst du den Snack egentlich?"
„Wat för'n Snack?", fraag ik em.
„Den ik jüst eben seggt heff: Slechte Minschen geiht
dat jümmer good."
„Jo kloor kenn ik düssen Snack, Opa Möller", segg
ik. „Dat höör ik doch jümmer vun di, wenn du mi
hier in't Huus in de Mööt kümmst."
„Ik heff dor maal so över nadacht", seggt Opa Möl-
ler. „In't Leven geiht dat blots jümmer üm good un
slecht. Büst du egentlich good oder büst du slecht?"
„Na, dat is villicht 'n Fraag", segg ik. „Wenn du mi
hüüt fraagst, denn mutt ik seggen: Ik bün good, un mi
geiht dat slecht. Good un slecht, Opa Möller! De
Minsch is sowohl dat een as ok dat anner. Aver wenn
di een vertellt, dat he genau weet, keen good un keen
slecht is, denn muttst du bannig vörsichtig sien."
„De Uwe op de annere Siet", seggt Opa Möller, „de
düsse lütte Boofirma hett un düssen dicken Wagen,
de weet dat genau."
„Hah, utgerekent de", segg ik.

„Uwe seggt, Politiker sünd slecht. Postenschuveree un Kungelee un jümmer rin in de egen Tasch. Un noch leger sünd de Manager. Eerst groten Mist boon, un denn afhauen, un glieks noch 'n poor Milljonen achterran. Un de kathol'sche Kark un de Multis un de Japaner un de Polen un de Mafia, allens Gangster un Verbreker, seggt Uwe."

„Ach, dat seggt Uwe. Na, de mutt dat jo weten", segg ik. „Kiek em di doch an, de mit sien Boofirma. Sien groten Wagen hett he bar betahlt, mit Swattgeld ut de Plastiktüüt. Un sien Arbeiter sünd ut Polen, de sünd ok nich all bi de Krankenkass anmeld't, hett he mi sülven vertellt. Anners kümmt he nich kloor, seggt he. Mann, gah mi blots af mit düssen Uwe. De schall man maal vertellen, wat good is un wat slecht."

„Ik glööv, all Minschen sünd 'n beten good un 'n beten slecht", seggt Opa Möller. „Aver de, de jümmer vertellt, wo slecht de annern sünd, de sünd nich so good as de, de sik af un an slecht föhlt, wiel se nich so good sünd as de annern."

„Ach, Opa Möller", segg ik, „slecht un good, good un slecht, nu is aver good. Dor ward een jo slecht bi, wat du dor so allens dör'nanner snacken deist."

„Hah, hest dat markt? Nu is good, nu ward di slecht, hest du seggt. Sühst du, dat geiht mennigmaal fix dör'nanner mit good un slecht", seggt Opa Möller. „Dor denk maal över na!"

„Jo jo, Opa Möller, dat maak ik", segg ik, „aver nu heff ik keen Tied mehr, ik mutt loos. Tschüss, Opa Möller!"

# NAVI

Ik heff jo nich jümmer Tied för Opa Möller, wenn ik em af un an in't Treppenhuus dropen do. Aver för'n lütten Snack mutt Tied sien, seggt he jümmer.

„Na, wo geiht?", segg ik to em, as he mi hüüt Morgen in de Mööt kümmt.

Kiekt he mi scheef vun de Siet an un seggt: „Woso hest du denn op'n Maal Tied, mit mi to snacken? Du hest dat anners doch jümmer so hild."

„Veel Tied heff ik ok nich", segg ik. „Du kannst mi jo maal helpen – Rahlstedt, Wolliner Straat, kennst du de?"

„Jo kloor. Wat meenst du, wat ik fröher, as ik noch för mien Firma mit 'n Auto ünnerwegens weer, wat ik dor allens in'n Kopp hatt heff vun de Straten in Hamborg. Stadtplaan heff ik nienich bruukt."

„Jo, denn segg doch maal, wo is de Straat denn nu, woans kaam ik dor hen?"

„Ik denk, du hest so'n neet Gerät", seggt Opa Möller, „wo di 'n Froonstimm jümmer seggt, woans du fohren schallst?"

„Jo, dat heff ik ok", segg ik, „dat nöömt sik Navi – Navigationsgerät, wenn du dat genau weten wullt."

„Fröher hebbt wi beid veel mehr mit'nanner snackt, du un ik", seggt Opa Möller. „Un denn hest du di jümmer vun mi Tipps geven laten, woans du fohren schallst. Aver nu bruukst du dat jo woll nich mehr, wenn du nu düsse neeste Technik hest."

„Mit de Technik geiht dat nu maal wieder, Opa Möller", segg ik, „dat köönt wi beid nich ophalen."

„Denn nimm doch de Technik, mi bruukst du doch

nich mehr", seggt Opa Möller un dreiht sik üm un will gahn.

„Tööv doch maal even", segg ik. „Dat geiht nich."

„Wat geiht nich?"

„Mien Navi-Schietdings, dat geiht nich."

„Woso geiht dat denn nich?", seggt Opa Möller un kümmt wedder op mi to.

„Jo, dat is so – äh, de Akku is leddig", segg ik.

„Denn laad em doch op!"

„Dat kann ik nich", segg ik, „ik finn dat Ladekabel nich."

„Ik bün maal mit een mitfohrt", seggt Opa Möller, „de harr ok so'n Navi. Un denn keem 'n Boostää mit 'n Umleitung, jo, un denn leep allens dör'nanner. Nächste Möglichkeit bitte wenden, hett de Fro jümmer seggt, nächste Möglichkeit bitte wenden. Aver dat güng jo nich. Wenn ik dor nich bi west weer, denn weer he opsmeten west."

„Wullt du mi nu helpen, Opa Möller, oder nich?", segg ik.

„Ik will di maal wat seggen, mien Jung", seggt Opa Möller. „Technik is good un schöön, mennigmaal is de Technik sogoor beter as de Minsch. Aver Technik is nich allens. Af un an mutt een den annern ok wat vertellen. Mit'nanner snacken, dat bruukt de Minsch."

„Ik snack jo nu mit di, Opa Möller", segg ik. „Hest du denn villicht tominnst 'n Stadtplaan för mi?"

„Jo, heff ik, mien Jung", seggt Opa Möller. „Un wenn du hier töven deist, denn hol ik em."

„Denn maak to, Opa Möller", segg ik. „So veel Tied heff ik nu ok wedder nich!"

„Dat duurt, so lang dat duurt", seggt Opa Möller noch, un denn is he al ünnerwegens.

Ik glööv, ik warr mi af un an maal wedder 'n beten Tied nehmen för Opa Möller un mit em snacken. Denn Recht hett he, dat mutt ik seggen. Mit'nanner snacken, dat bruukt de Minsch. Un dat dröff de Technik uns nich kaputt maken.

# SPOREN

Sporen is wichtig in de hütige Tied. Ik spoor, wo ik kann, kost dat, wat dat wull. Un sporen maakt ok Spaaß. Opa Möller bi uns in't Huus, de kennt mi, de hölpt mi dor af un an bi. Droop ik em güstern in't Treppenhuus.

„Du, segg maal", seggt Opa Möller, „wullt du Punkte hebben?"

„Punkte? In Flensborg? Nee danke, de will ik lever nich hebben", segg ik.

„Wat meenst du denn mit Flensborg?"

„Minsch, Opa Möller, du büst doch ok maal Autofohrer west", segg ik. „Punkte in Flensborg: twee för to gau fohren, dree bi Root över de Ampel, besapen achter't Stüür veer. Un wenn achteihn vull sünd, is de Lappen wech, so eenfach is dat. Un de Punkte will ik lever nich hebben, dat versteihst du woll."

„Mann, dat meen ik doch gor nich", seggt Opa Möller. „Ik meen düsse neen Bonuspunkte in'n Supermarkt un överall. De kann 'n sammeln, un de veel köpen deit, de kann ok veel sporen. Un du spoorst doch geern, oder nich?"

„Ach so, jo, ik weet, wat du meenst", segg ik, „aver so nee is dat gor nich. Dat kenn ik noch vun fröher, Rabattmarken hett dat domaals heten. Un wi Kinner hebbt de jümmer inkleven dröfft. Mann, weer dat 'n Fummelee! Un denn sünd de an'nanner backst, wenn de natt worrn sünd, un af un an weer dat Heft verswunnen, wiel wi dat dor nich wedder trüchleggt hebbt, wo mien Modder seggt hett, dat dat henhören deit. Un dat kümmt nu allens wedder. Ik weet nich, Opa

Möller, ik holl dor nich veel vun. Dat maakt mehr Arbeit, as dat bringt."

„Schaad", seggt Opa Möller, „ik heff so veel sammelt, ik heff dacht, ik do di dor 'n Gefallen mit. Aver is egaal, ik geev di dat liekers – hier. Villicht kümmst du jo tofällig an so'n Laden vörbi. Un denn spoorst du wat oder kriggst wat ümsünst, dat is doch nich slecht. För mi bruuk ik dat nich."

Un denn langt he mi so'n Breefümslag röver, vull mit Rabattmarken un Gutscheinen un sowat. Un denn geiht he wech.

Un nu sitt ik dor mit an. Nu mutt ik na'n Bäcker, mi 'n Rundstück afholen, en Huus wieder 'n Töller Sushi, aver blots Middeweken oder Dunnersdag, dree Massagen mutt ik nehmen, dor bruuk ik denn blots twee betahlen, un en Grillbesteck krieg ik, mutt ik blots den Stromanbieter wesseln. Un nu mutt ik blots noch een finn', de mit mi in düssen Safari-Park geiht, denn kümmt een vun uns beid ümsünst rin.

Jo, sporen maakt Spaaß, ok wenn dat mennigmaal würklich 'n beten anstrengend is. Aver helpt nix, sporen is wichtig in de hütige Tied.

44

# OP'N MOORS

Opa Möller bi uns in't Huus, de kann so richtig 'n Oos sien. Na good, he is old un 'n beten sünnerlich un he meent dat woll nich so, aver argern do ik mi liekers, dor kaam ik nich gegenan.

Güstern, kröpel ik so de Trepp hooch, steiht he mit'n-maal vör mi un seggt: „Wat is mit di denn loos? Du stakelst hier jo hooch, as harrst du di in de Büx scheten!"

„Maak du man noch Spijöök mit mi", segg ik. „Mi geiht dat nich good, ik heff bannig Wehdaag."

„Wat hest denn maakt? Büst du besopen de Trepp daal fullen oder wat?"

„Noch een Woort un ik dreih di de Nees üm", segg ik. „Ik bün henfullen, jawoll, un nüchtern, dat du dat man weetst! Ik bün utrutscht, achtern, bi de Mülltünn. Dor is 'n Stäe, dor steiht noch dat blanke Ies. Un dat güng so fix – wusch! hett dat maakt un denn seet ik op'n Moors. Veerteihn Daag is dat al her, un dat deit jümmer noch weh."

„Schaad, dat ik dor nich biwesen bün", seggt Opa Möller, „ik glööv, ik harr mi dootlacht."

„Dat kann ik mi vörstellen", segg ik. „Anner Lüüd kaamt to Schaden, un du hest nix anners to doon, as di to amüseern. So büst du!"

„Dat süht doch lustig ut, wenn een utrutscht", seggt Opa Möller. „Hest noch nienich wat vun Charlie Chaplin höört? Stummfilm domaals, wenn he denn so rümstakelt is mit sien grote Schöh, un denn leeg dor 'n Bananenschell, un he denn: butsch! is he utrutscht. Un de Lüüd hebbt sik dootlacht. So is de Minsch nu maal, dor kannst nix an maken."

„So is de Minsch? Nee, so büst du! Un mi deit dat Leed för di, dat du keen Hart hest för'n Minschen as mi, den dat slecht geiht", heff ik noch seggt. Un denn bün ik in mien Wohnung gahn un heff mi eerst maal henleggt. Denn dat hett würklich noch weh daan, ok wenn dat al twee Weken her weer.

Aver denn is mi infullen: Wenn ik mi to'n Bispill Eis-kunstlauf in Fernsehen ankieken do – egentlich tööv ik dor denn blots op, dat sik een bi sien duppelten Rittmeister op'n Moors sett. Jo, un wenn dat denn passeert, denn mutt ik jümmer lachen. Is jo egentlich nicht to'n lachen, aver dat süht jümmer so lustig ut.

Dat dröff ik blots nich Opa Möller vertellen. De schall ruhig 'n slecht Geweten hebben, dat he mi ut-lacht hett, as ik utrutscht bün as Charlie Chaplin op de Bananenschell. Aver ik glööv, wenn ik mi domaals sülvst sehn harr, dat Grienen harr ik mi seker ok nich verkniepen kunnt.

# WIEHNACHTSMANN

Opa Möller bi uns in't Huus, op den mutt 'n jümmer oppassen, sünnerlich an Wiehnachten. Droop ik em güstern in't Treppenhuus, lacht he över't hele Gesicht.

„Wat is mit di denn loos", segg ik, „hest in'n Lotto wunnen oder wat freist du di so?"

„Ik bün nu ok Schauspeler", seggt he, „jüst so as du."

„Ehrlich?", segg ik. „Hest du in'n Film mitmaakt? Oder giffst du den Wiehnachtsmann in't Kinnertheoter?"

„Jo, dat is gor nich maal so ganz verkeehrt", seggt he. „Du kennst doch de jungen Lüüd in'n tweten Stock, mit de beiden lütten Deerns. Un dor maak ik an'n Hilligen Avend den Wiehnachtsmann. De hebbt mi fraagt, un ik heff jo seggt."

„Ik holl dor gor nix vun", segg ik. „Dat is Kinner bang maken, anners nix. Denn mööt de 'n Gedicht opseggen, un denn achterran sik anhören, wat se allens utfreten hebbt dat hele Johr, un Geschenke gifft dat eerst, wenn se verspreken dot, dat se artig ween wüllt. Artig, wenn ik dat Woort al höör: Ik will ok jümmer artig sien. Dat is Erpressung un Pädagogik ut dat lesde Johrhunnert."

„Ach wat", seggt Opa Möller, „de Wiehnachtsmann, den ik geven do, de is anners. Ik heff mi dat al överleggt. Wenn ik rinkamen do, denn segg ik toeerst: Mann, wat is dat kold buten, de Wiehnachtsmann bruukt eerst maal 'n lütten Snaps. Aver nich so'n billigen Koorn, Cognac dröff dat ruhig sien. Dor schüllt de Öllern maal wat gegenan seggen, dat waagt de gor nich. Un denn, denn segg ik to de Kinner: Gedicht bruukt ji nich opseggen, Geschenke gifft dat liekers. Un den Zeddel, den ik kregen heff, wo opsteiht, wat de utfreten hebbt, den smiet ik wech. Un denn laat ik mi noch een inschenken un villicht noch een, un denn hau ik af."

„Opa Möller", segg ik, „dat geiht nich!"

„Woso dat denn nich? Ik bün de Wiehnachtsmann, de Wiehnachtsmann dröff allens. So, nu mutt ik loos, ik mutt mi noch so'n witten Boort besorgen."

Un wech is he, uns Opa Möller. Mann, wat dat woll ward! Dat geiht nich good, heff ik dat Geföhl. Villicht pass ik em af un maak Knecht Ruprecht, den Wiehnachtsmann sien Hölpsmann. Un denn pass ik op, dat Opa Möller nich mit duhnen Kopp sien Boort verleert. Denn wenn de Lütten dat mitkriegt, dat kann mehr Schaden in so'n Kinnerseel anrichten as 'n Gedicht, dat 'n opseggen mutt, ehr dat dat de Geschenke gifft.

Ik segg jo: Opa Möller, op den mutt 'n jümmer oppassen, nich blots an Wiehnachten.

# mien Neffe

## FRÖHER

Güstern, mien Neffe, steiht he in de Döör un seggt nix.

„Hest du egentlich mitkregen, dat dat gor nich mehr lang hen is, dat wi Wahl hebbt?", segg ik. „Ik will höpen, dat du dien Wahlbenachrichtigungskoort nich versuust hest."

„Reeg di nich op", seggt mien Neffe. „De hangt bi mi an de Pinnwand."

„Du geihst dor doch hen, to de Wahl, oder etwa nich?"

„Na kloor gah ik dor hen", seggt mien Neffe, „dat is jo woll Plicht."

„Na bidde", segg ik, „so will ik di hören. Un wat wählst du?"

„Hehe, dat segg ik di doch nich! Dat geiht di gor nix an."

„Dat geiht mi nix an? Dat geiht mi woll wat an! Wenn ik mi vörstell, dat dien Stimm jüst so veel weert is as mien, denn heff ik mennigmaal Twievel, wat Demokratie würklich dat Richtige is för uns Land. Dat gifft so veel Parteien bi düsse Wahl, de keen Minsch kennt, Bagaluten-Partei un wat weet ik. De hebbt sik doch blots ut Jux un Dolleree tosamen dahn. Un ik kenn di. Villicht stickt di de Haver un du giffst jüst so en Partei dien Stimm. Un de is denn wech. Un de fehlt denn an de anner Stäe, wo se bruukt ward."

„Och wat, sösstig Johr is dat nu al good gahn mit de Demokratie."

„Stimmt", segg ik, „is Jubiläum düt Johr. Wenn ik so an fröher denk, dat weern noch Politiker! Nich so Glattsnacker as hüüt. Konrad Adenauer, Willy Brandt, Herbert Wehner: Dat weern noch Persönlichkeiten."

„Franz-Josef Strauß", seggt mien Neffe, „een Affäre achter'n anner."

„Dat hett de Demokratie ok utholen", segg ik. „Aver ik heff em nich wählt, wenn du dat meenst. Kunn ik jo gor nich, de weer jo CSU, de gifft dat blots in Bayern."

„Politiker, de blots de egen Karriere in'n Kopp hebbt, hett dat jümmer geven", seggt mien Neffe.

„Fröher hett dat dat nich geven!", segg ik. „Op jeden Fall nich so veel."

„Weetst du, wat dat fröher ok noch geven hett?", seggt mien Neffe. „Dor harr ik 'n Unkel, de nich blots jümmer vun fröher vertellt hett, un dat dor allens beter weer. Fröher kunn ik mit mien Unkel ok maal över de Tokunft snacken."

„Un fröher weer de Neffe ok noch nich so kiebig. Dor harr de noch Respekt vör öller Lüüd!", roop ik em noch na. Aver dat hett he gor nich mehr höört, dor weer he al ut de Döör.

Nu will ik blots höpen, dat he de richtige Partei wählen deit, de Flööts. Un wenn wedder maal Wahl is, denn warr ik dor för sorgen, dat he Breefwahl maken deit. Denn kann ik dat beter kontrolleern.

Jo, seker is seker!

50

# SKYPE

Ok wenn mien Neffe dat jümmer afstrieden deit: Ik gah mit de Tied – ok wat dat Telefoneern angeiht. Wenn ik dor an fröher denk, in de twintiger Johr vun dat lesde Johrhunnert, as dat so richtig opregend weer, mit Apperaat an de Wand un Kurbel un sowat allens. Un denn na'n Krieg, dat swatte Ding mit Wählscheibe un Gavel. Wi harrn sowat bi uns to Huus, wi sünd domaals al mit de Tied gahn. Un hüüt heff ik natüürlich 'n Handy, nich dat neeste, aver ik heff een. Un dat kann ik ok bedenen. Jo, dat is allens anners worrn.

Blots dat een is bleven: Geld kost' dat jümmer noch. Kannst in de Twüschentied jo överall in de Weltgeschicht rümtelefoneern, ok na de Fidschi-Inseln un na Gröönland. Aver wieder wech kost mehr Geld, ok wenn dat lang nich mehr so düür is as fröher.

Kümmt mien Neffe güstern bi mi an: „Hest du egentlich Skype?"

Ik geev to, mit Computer un Internet un sowat kennt he sik bannig good ut – seggt he tominnst.

„Wat is dat denn?", segg ik.

„Also hest du dat nich", seggt mien Neffe. „Anners wöör di dat jo wat seggen: Skype. Dormit kannst du överall hentelefoneern, för ümsünst. Pass op, ik installeer di dat, dat geiht fix, is överhaupt keen Probleem."

Wenn mien leve Neffe seggt, dat geiht fix un is överhaupt keen Probleem, denn kann dat sien, dat dat fix geiht, kann aver ok sien, dat dat lang duurt oder dat dat överhaupt nich geiht.

Internet heff ik jo, heff ik dor maal nakeken, wat dat is, Skype. Un ik heff dat ok funn': „VoIP-Software mit Instant-Messaging-Funktion, Dateiübertragung und Videotelefonie, die ein proprietäres Protokoll verwendet." – Aha, so is dat also. Un dat will mien Neffe nu bi mi installeern. Na jo, woso nich, deit nich weh un fritt keen Broot. Un wenn he dor Spaaß an hett, kann he dat geern maken.

Aver bet nu heff ik mien' Fründ Hermann in Afrika jümmer ohn Skype anropen. Dor heff ik mi so'n billige Vörwahl rutsöcht, de mit Null-Teihn anfangt, dor kost de Minuut Null-Komma-wat-weet-ik. Un dat klappt wunnerbor, ok ohn Instant-Messaging un proprietäret Protokoll un sowat. Un so maak ik dat ok wieder.

Aver mien' Neffen vertell ik dat nich.

Denn ik gah jo mit de Tied, sünnerlich wat dat Telefoneern angeiht.

# SPOORT

Mien Neffe, dat is ok so'n Marke. Wenn he in de Döör steiht, nix seggt un mi so ankieken deit, denn weet ik genau, wat kümmt. „Wat is denn?", segg ik. „Wat kiekst du denn so?"

„Du sühst nich good ut", seggt mien Neffe.

„Wat schall dat denn heten? Ik seh nich good ut? Dat is 'n Beleidigung!", segg ik.

„Dat is keen Beleidigung", seggt mien Neffe, „dat is 'n Faststellung. Du muttst maal wat för di doon. Jümmer blots rümsitten, dat is nich good, du bruukst mehr Bewegung."

„Schall ik villicht Spoort maken?", segg ik. „So as du? Un denn all Neeslang verletzt? Sehnenriss, Platzwunde, Knöchel dick, Prellungen överall, dat Spoort gesund is, seh ik jo an di."

„Och, so slimm is dat gor nich, as du dat henstellen deist. Aver dat meen ik jo gor nich. Du in dien Öller bruukst wat, wo de hele Körper beweegt ward un wat nich so anstrengend is. Nordic Walking to'n Bispill."

„Hah!", segg ik. „Dat hett mi jüst noch feehlt. Mit so twee Dinger dör de Gegend staksen. Dat harrst du woll geern, wat? Dat ik mi to'n Püjazz maak för de hele Straat. So gesund kann dat gor nich sien, dat dat opwiegen deit, wat mi dat pienlich weer."

„Holl doch op!", seggt mien Neffe. „Dat is gesund, dat kümmt ut Skandinavien. Dat is nix anners as Skilangloop, dat dot se dor all. Un dat is sogoor olympisch."

„Jojojo, Jugend traineert för Olympia, un ik bün dorbi. Neenee, dat laat ik lever. Aver is jo nett vun di, dat du di üm mi Sorgen maken deist. Ik denk dor noch maal över na. Un nu laat mi in Roh, ik mutt arbeiden."

Wat mien Neffe jo nich weten deit, dat is, dat ik siet söss Weken lopen do, Jogging, elkeen Morgen. Na good, elkeen nich, blots fievmaal, Sünnavend un Sünndag laat ik wech, dor slaap ik lever ut. Un ik loop ok blots 'n Veddelstünn, mehr kann ik gor nich dörholen. Aver dat langt al, achterran heff ik dat Jappen as na'n Marathon. Vör veerteihn Daag bün ik över Sünndag an de See west, un in de Ferienwohnung dor heff ik twee Sticken funn', so twee för Nordic Walking. Heff ik utprobeert, dat weer gor nich maal slecht. Bün ik natüürlich blots fröh morgens an'n Strand west, dat mi keeneen sehen deit.

Mien' Neffen vertell ik dor natüürlich nix vun. Aver dat maak ik nu jümmer wieder. Un denn, denn warr ik Negentich, un denn ward mien Neffe sik fix wunnern, dat sien Unkel in dat hoge Öller jümmer noch so fit is, wo he doch mit Spoort nix an de Mütz hett – al gor nich mit Nordic Walking.

Nordic Walking, beten snaaksch utsehen deit dat jo. Aver wenn dat gesund is, woso nich?

# SWINNELFREE

Mennigmaal is he mi jo bannig wiet wech, mien Neffe.
Denn is he so anners, weet ik ok nich, wo dat an liggt.
Spoort to'n Bispill, he jümmer mit sien Spoort. Dorbi
harr ik mit Spoort in de School överhaupt nix an'n
Hoot. Sünnerlich Lopen: föfftig Meter, hunnert Me-
ter, veerhunnert Meter – dat hett lang duurt bi mi.
Un duusend Meter, dat kunn ik gor nich, dat weer de
reinste Qual.

Un nu gifft dat 'n Huus, dat is knapp duusend Meter
hooch, achthunnertachtuntwintig Meter, dat hööchste
vun de Welt.

Kümmt mien Neffe bi mi an un seggt: „Kennst du
egentlich Dubai?"

„Dubai?", segg ik. „Also, wat heet kennen, dor weer
ik noch nich, un wenn du nu vun mi weten wullt, wo
dat nu hoorgenau liggen deit, mag dat sien, dat ik mi
dor villicht blameern do. Arabien op jeden Fall, wöör
ik seggen. Oder nich?"

„Dat meen ik gor nich", seggt mien Neffe. „Ik meen
blots, wiel dor doch nu dat gröttste Huus op de Welt
boot worrn is. Wat seggst du dor to?"

„Grootordig", segg ik, „dor kann 'n maal sehn, wat
de Minsch so allens toweeg bringt, vun de Ingenieur-
leistung her alleen, meen ik. Sogoor wi Düütschen
hebbt dor Andeel an: Sonnenschutzglöös, Parkett,
Toledden, allens ut Düütschland."

„Finnst du nich, dat dat allens 'n beten krank is? Al-
leen wat dat kost'! Un denn jümmer grötter, jümmer
höger, dat kann doch nich goodgahn! Harrst du dor
villicht Lust to, dor to leven?"

„Leven? Jo, also … ik bün jo nich swinnelfree, dat weetst du. Ik mag dat jo egentlich gor nich seggen, aver wenn ik in so'n Hoochhuus baven bün un rünnerkieken do – alleen wenn ik dor an denk, ward mi slecht."

„Villicht is dat jo 'n godet Teken", seggt mien Neffe.

„Dat is jo al in de Bibel mit den Turmbau to Babel nich good gahn. Un villicht is dat veel gesünner, wenn een nich swinnelfree is. Denn kümmt he nämlich gor nich op de Idee, dat he so hooch rut will. Ik finn' dat good, dat du nich swinnelfree büst."

„Würklich?", segg ik. „Is dat dien Eernst? Ik heff mi dor jümmer för schaamt, as ik lütt weer."

„Dat is al so in Ordnung mit di", seggt mien Neffe, kiekt mi noch maal so vun de Siet an un is ut de Döör.

Ik mutt seggen, mennigmaal is he mi doch gor nich so wiet wech, mien Neffe. Op jeden Fall nich achthunnertunachtuntwintig Meter.

# TATOO

Mien Neffe, güstern wedder, steiht he in de Döör un seggt nix.

„Hest du egentlich 'n Tätowierung?", segg ik.

„Woans kümmst du dor denn op?", seggt mien Neffe.

„Hebbt se doch all in dien Öller", segg ik. „Ik heff düsse Daag Football keken, to'n Sluss hebbt de de Trikots tuuscht, un dor seeg dat ut, as weern de in'n Matsch fullen, harrn de all Tätowierungen! An'n Arm, an de Been, över de Schuller! Dat is doch krank, so-wat."

„Dat heet nich Tätowierung", seggt mien Neffe, „dat heet Tatoo!"

„Oh, heff ik vergeten: Tatoouu, Tatoouu, mutt jo al-lens op Engelsch sien hüüttodaag. Dat hett dat fröher ok al geven. Hebbt de Seelüüd jümmer maken laten: Anker op'n Arm oder Meerjungfro. Un to sowat hebbt wi Tätowierung seggt, un dat is ok nix anners west."

„Anker, dat is doch primitiv", seggt mien Neffe, „hüüt sünd dat Kunstwerke, dat kannst du gor nich verglie-ken."

„Kunst? Ik höör woll nich richtig. So'n Sekerheits-nadel dör de Ogenbrauen oder de Nees, dat schall Kunst sien?"

„Dat is Piercing, mit Tatoo hett dat nix to doon."

„Dat is mi doch egaal", segg ik, „op jeden Fall is dat Blöödsinn. Hest du nu sowat oder nich, häh? Wo hest du dat denn, op'n Moors? Denn geiht dat jo noch. Blots nich op de Schuller. Wenn du denn in'n Free-bad in de Baadbüx rümlopen deist, denn süht se dat doch all."

„Jüst dat is doch de Sinn", seggt mien Neffe, „dat is Körpersmuck."

„Ik warr verrückt. Un wat is dat, wat du dor hest?"

„Nu reeg di af, ik heff jo gor keen Tatoo. Aver villicht laat ik mi een maken, weet ik noch nich."

„Blots nich sowat Albernes", segg ik. „Wenn överhaupt, denn so'n chinesischet Schriftteken villicht, dat süht good ut. Muttst di blots vörher översetten laten. Nich dat dat denn ,geröstete Ente mit Bambussprossen' heten deit oder sowat, un du di to'n Püjazz maakst."

„Wat höllst du vun'n Draken?", seggt mien Neffe.

„Nee, dat is doch nix för di. Denn lever so'n hawaiianischet Fruchtbarkeitssymbol. Dat süht good ut, maakt Indruck, un keenen weet, wat dat bedüden deit."

„Wullt du di nich ok sowat maken laten?", seggt mien Neffe.

„Is dat dien Eernst?", segg ik.

„Jo, woso denn nich!"

„Ik denk dor noch maal över na", segg ik.

Morgen will mien Neffe mi so'n Book mitbringen, dor sünd Muster binn', kann 'n sik wat utsöken. Un denn tööv ik eerst maal af, wat mien Neffe maakt.

Aver denn villicht. Woso denn nich? Dat is Kunst, sowat! Un wat mien Neffe maken deit, de Bengel, dat kann ik al lang!

# TOHÖREN

Mien Neffe, dat is ok so'n Marke. Güstern steiht he in de Döör, seggt nix, aver an sien linke Hand 'n dicken Verband.

„Na?", segg ik. „Hest doch maal Tied funn', dien olen Unkel to besöken? Wat hest dor denn maakt, hett di een op de Hand pett, as du ut de Kneipe fullen büst?"

„Ha-ha-ha, dat sünd jüst de Geschichten, de du jümmer vertellen deist vun fröher, as du noch studeert hest. Sommersemester an de Alster, Wintersemester in't Kino, un twüschendör in de Kneipe rümseten. Aver sowat kann 'n sik hüüt nich mehr leisten, dat schullst du doch ok al mitkregen hebben."

„Nu warr blots nich kiebig!", segg ik. „Du muttst maal tohören: Wat mit dien Hand is, heff ik di fraagt!"

„Sehnenriss. Ik wull 'n Ball fangen, heff ik de Hand nich gau noog opkregen, is mi de Finger ümknickt."

„Och, dat glööv ik nich, dat vun sowat de Sehne rieten deit. Mi is ok maal 'n Finger ümknickt, dat weer in de School domaals. Un denn noch op'n Sünnavend, keen Arztpraxis op, muss ik to'n Nootdeenst. Du, dat weer villicht 'n Ding!"

„Nootdeenst bün ik ok west", seggt mien Neffe.

„Nu laat mi doch maal utsnacken", segg ik. „Un dor bi'n Nootdeenst, dor weer 'n Dokter, de harr jo nu överhaupt keen Ahnung. De wull mi op de Stää in't Krankenhuus jagen, dat muttst du di maal vörstellen! De meen, dor mutt de hele Arm opsneden warrn. Mann, dor heff ik villicht Angst kregen. Un dorbi hett dat gor nich maal so dull wehdahn. Na jo, wi weern jo domaals ok noch nich so wehleidig as de Generatschoon hüüttodaag. Aver as ik mien Slötelbeen broken heff – Meinzeit, dat hett wehdaan, dat kannst du di gor nich vörstellen. Dor bün ik denn richtig opereert worrn, Vullnarkose, du, dat is keen Kinnerspeel, sowat, dat segg ik di."

„Nu höör doch maal to: Dat ward bi mi nich opereert, dat wasst al so tosamen", seggt mien Neffe. „Aver ehr du mi noch mehr Krankheitsgeschichten vun di vun fröher vertellen deist, gah ik lever."

„Segg maal, tohören, dat is ok nich so dien Ding, oder? Du jammerst mi hier de Ohren vull vunwegen dien grootordigen Spoortunfall, un denn is dat gor nich so slimm. Un wenn ik maal wat vertellen will, denn is di dat glieks toveel."

„Ik mutt loos", seggt mien Neffe. „Ik glööv, so'n lüttbeten deit dat doch weh, mien Finger. Tschü-hüß!"

„Jammerlappen!", roop ik em noch na.

Oh nee, düsse Bengel! Tohören kann de ok nich, na jo, dat sünd woll de jungen Lüüd hüüttodaag. Dor weern wi fröher aver anners, dat weet ik genau!

# SNEE-KATASTROOF

Wat ik gor nich afkann, dat is, wenn mien Neffe sik över mi lustig maken deit.

Dat is kold. Un ik freer. Un mien' Neffen is dat putt-egaal, woans dat mit de Gesundheit vun sien' Unkel bestellt is.

Kümmt he güstern in de Döör rin, brüll ik em an: „Hest du dien Fööt ok anständig afpett'?"

„Jo, heff ik, aver is dat 'n Grund, so rümtobölken?", seggt mien Neffe.

„Jo, is dat", segg ik. „Buten is dat matschig, un ach-terran heff ik hier dien Dreckplacken op'n Footbod-den. Di is dat doch egaal, woans dien Unkel mit düsse Snee-Katastroof fardig ward."

„Manno", seggt mien Neffe, „Snee-Katastroof, wenn ik dat al höör! Nu hebbt wi maal 'n beten Snee hatt, na un? Du weerst dat doch, de jümmer dibbert hett, vunwegen dat gifft gor keen' richtigen Winter mehr un dat allens. Un nu hebbt wi maal Snee, denn is dat bi di glieks 'n Katastroof. Dat is Winter un nix an-ners."

„Du hest jo keen Auto", segg ik, „un wenn du een harrst, denn harrst du mit Sekerheit vergeten, Win-terreifen optotrecken. So süht dat doch ut!"

„Winterreifen?", seggt mien Neffe. „Hest du denn Winterreifen op? Du hest doch gor keen, du wullt dat Geld doch sporen. Letzt Johr is dat doch ok good gahn, hest du annerletzt vertellt. Wenn se di faat kriegt, denn büst du dran, dat segg ik di."

„Dat wüllt wi doch maal sehen", segg ik. „Arger gifft dat blots, wenn man 'n Unfall maakt. Un ik fohr siet över dörtig Johr unfallfree, dat mark di maal! Ik bruuk keen Winterreifen, ik kann noch Auto fohren! Fröher, dor harrn wi dat Geld jo överhaupt nich för anstännige Reifen. Runderneuert un denn een Millimeter Profil. Jo, dor lehrst du Auto fohren, ok bi Snee un Ies. Un dat kann ik noch, dor verlaat di to."

„Keen' Winterreifen, in mien Ogen is dat verantwortungsloos", seggt mien Neffe.

„Ik freer", segg ik, „un ik will, dat dat warmer ward. Du snackst doch jümmer so veel vun de Erderwärmung. Ik mark dor nix vun."

„Treck di doch 'n dicken Pullover an", seggt mien Neffe, „de nächste Sommer kümmt bestimmt!"

Un rut is he ut de Döör.

Wat will he dor denn mit seggen? Hitzewelle? Also, to hitt, dat kann ik nich af. Aver to kold ok nich.

Un wat ik överhaupt nich afkann, dat is, wenn mien Neffe sik över mi lustig maken deit, wo mi doch so kold is un ik freer.

# *un ik ...*

## FLATRATE

Dat heet doch jümmer: Allens ward dürer hüütto-
daag. Aver stimmt dat würklich? Fernseher un Video-
Recorder to'n Bispill, later DVD un dat allens – frö-
her hett dat 'n Heidengeld kost, un hüüt? Hüüt is dat
de Grundutstattung vun'n Minschen. Jo, dat is so.
Oder mit 'n Fleger na, seggt wi maal: Japan – joho,
dor hett 'n fröher vun dröömt! So'n Reis hett in de
Sösstiger noch so veel kost' as 'n VW-Käfer. Hüüt is
dat billiger.
Aver wenn wat billiger ward, denn kann dat sien, dat
dat nich jümmer unbedingt 'n Vördeel is. Een Bispill
heff ik: Telefoneern. Hest al maal vun Flatrate höört?
Dat is Engelsch, aver sogoor de lütten Göörn weet,
wat dat heten deit: Snacken so lang, bet de Dokter
kümmt, kost jo nix. Un wiel dat nix kost, kann 'n jo
mit'nanner telefoneern ok denn, wenn dat överhaupt
nix to snacken gifft.
Güstern, mien Fro. Weer se in de Köök togang, güng
dat Telefoon, un se harr düssen lütten Handapperaat
op „luud" stellt, dat se de Hann' free hett, un so heff ik
dat allens mitkregen. Röppt Marion an, de Fründin
vun mien Fro. Mien Fro meent jo, ik kann ehr nich lie-
den, stimmt egentlich gor nich, aver Marion ... oh nee!

Röppt Marion an, un ik höör, dat se seggt: „Du, ik wull di blots seggen, ik heff in'n Ogenblick gor keen Tied to'n Telefoneern."

Ik denk: Bidde?

„Maakt doch nix", seggt mien Fro, „wannehr hest du denn Tied?"

„Weet ik noch nich", seggt Marion, „du kannst mi jo anropen."

„Nee", seggt mien Fro, „wi maakt dat so: Du röppst mi an. Un wenn wi denn jüst bi'n Eten sünd, denn röppst du 'n halv Stünn later noch maal an."

„Oder du röppst mi an, wenn ji fardig sünd mit Eten", seggt Marion.

„Hest du denn överhaupt Tied to'n Telefoneern hüüt Avend?", seggt mien Fro.

„Du, dat weet ik noch nich", seggt Marion, „kannst mi jo anropen, denn ward wi dat jo sehen."

„Jo, is good", seggt mien Fro, „oder du röppst mi an, wi hebbt jo Flatrate, kost jo nix."

Ik will nich sludern, aver teihn Minuten güng dat so hen un her. Un dor heff ik dacht: Dat geev maal 'n Tied, domaals noch Dütsche Bundespost, dor güng dat loos: Zeitbegrenzung, dree Minuten twintig Penn. Un twintig Penn, dat weer noch wat in de Tied.

Ik mag dat ok nich, wenn allens dürer ward. Aver wenn wat billiger ward – jümmer is dat ok nich vun Vördeel, dor kannst op af!

# LESEN UN WIND

Urlaubstied is de schönste Tied, heet dat jümmer. Un dat is ok för mi so. Denn heff ik ennelk maal Gelegenheit, morgens in Roh de Zeitung to lesen. Denn sitt ik in de lütte Ferienwahnung an de See, denn is mi dat puttegaal, wat de Sünn schient oder dat weiht. Denn sett ik mi op'n Balkon, Tass Tee blangen mi op'n Disch, de Zeitung vör de Nees, un denn nich as anners blots gau de Överschriften un de Siet mit dat, wat in Hamborg loos is un denn gau noch maal dat Wichtigste in de Spoortsieden un denn wech – nee, denn dat geiht geruhig Siet för Siet. Un denn kann dat villicht ok maal een oder twee Stünn' duurn: Is doch nich slimm, heff doch Urlaub, heff doch Tied.

Normalerwies maakt mi Wind an de See jo nich veel ut, in't Gegendeel, ik mag dat geern. Aver Wind un Zeitung lesen, so richtig geiht dat nich tosamen. In'n Urlaub will ik mi jo nich opregen, aver woso gifft dat in'n Urlaub egentlich jümmer Wind, wenn ik Zeitung lesen will, un woso steiht düsse Wind jümmer direkt gegen mi an? Kann mi dat maal een verklaren? Un kann mi de denn glieks ok noch verklaren, woans ik dat anstellen schall, dat ik denn geruhig to'n Lesen kaam?

So'n Zeitung, dat is keen Daschenbook! So as se tweemaal knickt in'n Breefkassen liggen deit, dat geiht jo noch. Un denn eenmaal ut'nanner geiht ok noch, dat kann 'n noch mit twee Hann' fastholen. Aver denn de hele Titelsiet – joho, dat ward jümmer grötter! Un denn klapp ik allens ut'nanner, wiel mi de Siet Twee un Dree jo villicht ok intresseren deit, denn sünd dat 'n halfen Quadratmeter! Stell di sowat ut Persenning vör, dor kannst op de Alster 'n lütt Boot mit segeln. Un denn puust de Wind, un denn fladdert dat allens, is an Lesen gor nich to denken. Un denn klatscht mi dat an de Nees. Un denn twü-schendöör 'n lütten Sluck ut de Teetass geiht ok nich. Ik heff jo blots twee Hann', denn kann ik mi den Rest vun de Zeitung ut Navers Heck rutkleien, wenn ik Glück heff un nich allens hunnert Meter wieder in'n Boom lannen deit.

Ik weet nich, lesen in'n Urlaub, heff ik keen Lust to. Wenn överhaupt, denn villicht 'n Daschenbook. So-wat Lüttes, wat 'n to Noot ok mit een Hand fastholen kann. Zeitung lesen in'n Urlaub – nee! De lees ik, wenn ik wedder to Huus bün. Bi mi in de Köök weiht dat nich. Un dat is ok beter so – för de Zeitung un ok för mi.

# RECHT HEBBEN

Jümmer will mien Fro Recht hebben, kann ik mi richtig över argern. Un wenn se denn ok würklich noch Recht hett, denn kann ik mi dor noch veel mehr över argern.

Sitt ik güstern an mien Schrievdisch, höör ik ganz genau, dat mien Fro buten in de Köök togang is: klapper klapper klapper klapper.

Ik roop na buten: „Duuuu …" – Nix, keen Antwoort.

Ik nochmaal: „Duuu-huuu …" – Wedder nix. Blots klapper klapper klapper klapper. Dat mutt se doch höört hebben.

Ik stah op, riet de Döör op un segg: „Hest du nich höört, dat ik even ropen heff?"

„Ik heff höört, dat du wat ropen hest", seggt mien Fro, „aver wat du ropen hest, dat kunn ik nich verstahn."

„Dat glööv ik geern", segg ik, „bi den Krach, den du maken deist. Klapper klapper klapper klapper, dor kann 'n jo brägenklüterig bi warrn!"

„Wenn ik de Spöölmaschien leddig maken do", seggt mien Fro, „denn mutt ik dat Geschirr ok wechstellen, dat lücht di jo woll in. Un wiel de Töller nu maal nich ut Pappe sünd un de Glöös nich ut Plastik, dor kann dat eventuell passeern, dat dat 'n lüttbeten klappern deit."

„Lüttbeten heff ik jo gor nix gegen", segg ik, „aver so as du dor klappern deist, heff ik dat Geföhl, du maakst dat extra, wiel du mi wiesen wullt, dat ik güstern Avend de Spöölmaschien nich leddig maakt heff."

„Hest du jo ok nich, un dorüm mutt ik dat jo nu doon. Vun alleen spazeert dat Geschirr nich in't Schapp, dat is nu maal so."

„Na bidde!", segg ik. „Nu hest du di verraden. Nu hest du sülvst togeven, dat du dat mit Afsicht maken deist."

„Ach wat, Blöödsinn", seggt mien Fro. „Ik glööv eher, dat mien Herr un Meister hüüt maal wedder gnadderig is."

„Ik sitt hier binnen un mutt arbeiden", segg ik, „un dor buten is een Larm, dat ik mi üm't Verrecken nich konzentreern kann!"

„Wat is denn loos mit di? Büst du mit dat verkehrte Been ut'n Bett stegen oder wat?"

„Ik arger mi", segg ik.

„Och, du hest doch egentlich gor keen Grund, di to argern", seggt mien Fro.

„Dat weet ik sülven", segg ik, „un jüst dat argert mi."

„Oha, dat is aver mennigmaal bannig komplizeert mit di", seggt mien Fro. „Ik glööv, du wullt di hüüt över allens argern."

„Stimmt gor nich", segg ik.

„Pass maal op", seggt mien Fro. „Du kümmst nu to mi in de Köök, denn maak ik di 'n schöön Tass Koffie un denn geiht de Arger fix vörbi. Dat gifft keen Arger, de bi mien Koffie nich wech geiht, heff ik Recht?"

Sühst woll, Schütt? Dat is dat, wat ik meen. Nich, dat mien Fro jümmer Recht hebben will, nee, mehrstieds hett se ok noch Recht! Un dor dröff ik mi jo woll 'n lütt beten över argern oder etwa nich?

# SÖKEN

Mennigmaal heff ik dat würklich nich eenfach mit mien Fro. Kümmt se güstern an: „Segg maal, hest du egentlich de Stüer al fardig?"

„De Stüer?", segg ik. „Nee, heff ik noch nich!"

„Un woso nich?"

„Wiel ik de Abrechnung vun de Verwaltungsfirma noch nich funnen heff", segg ik.

„Wo hest du de denn henleggt?"

„De is wech", segg ik.

„Ach wat", seggt mien Fro, „de kann doch nich wech sien."

„Na good", segg ik, „denn is de nich wech, denn is de nich mehr dor, wo ik de henleggt heff."

„Wenn du jichenswat jichenswo henleggen deist", seggt mien Fro, „denn blifft dat dor un löppt nich vun alleen wech."

„Na good", segg ik, „denn is dat nich wech, denn is dat dor, wo ik dat henleggt heff, dat is blots nich dor, wo ik glööv, dat ik dat henleggt heff. Büst du nu tofreden?"

„Also, nu bölk mi doch nich so an!", seggt mien Fro. „Denn muttst du dat söken! Kannst jo villicht maal 'n System in dien Poppeerkraam bringen. Denn finn'st du dat ok wedder, wat du söchst."

„Ik heff 'n System", segg ik. „Ik heff nicht blots een System, 'n poor Systeme heff ik."

„Un woso finn'st du dat denn nich, wat du bruken deist?"

„Wiel dat mit düsse Systeme nich funktschoneern deit", segg ik. „Fröher, dor harr ik dat System: allens

69

op'n groten Hupen. Un wenn ik denn wat söcht heff: eenmal den Hupen dör. Op de Oort heff ik allens funnen, jümmer."

„Blots mit de Tied sünd dat denn fief oder söss Hupens worrn", seggt mien Fro. „Un de weern so hooch, dat de all Neeslang ümkippt sünd. Un denn keem dat allens in'n groten Karton, dat hett aver ok nich lang holen."

„Dorüm heff ik mi jo denn düsse teihn Ordners köfft", segg ik, „un de fiefuntwintig Hängekarteien, un de twee Pultordner mit över dörtig Fächer, un de söss Aflagen för'n Schrievdisch. Un nu söök ik düsse dösige Abrechnung vun de Verwaltungsfirma."

„Wo kann de denn sien", seggt mien Fro.

„De kann överall sien", segg ik. „In den Ordner Post Eingang, oder in den Ordner Wohnung, oder in de Hänge-Kartei Abrechnungen, oder in den Ordner Stüer, oder in den Karton, wo allens rinkümmt, wo ik nich genau weet, wo ik dat afleggen schall."

„Ohn System söchst du di doot", seggt mien Fro.

„Jo, aver mit System is dat jüst so good mööglich, dat 'n sik dootsöken deit", segg ik. „Un wat dat Dör'nanner in dien Köök angeiht, dor will ik lever gor nich eerst fragen, wat dor villicht sogoor noch 'n System achter stickt."

„Wat mi angeiht", seggt mien Fro, „ik finn' in mien Köök jümmer, wat ik bruken do!" Un rut is se ut de Döör.

Ik segg jo: Mennigmaal is dat würklich nich eenfach mit de Froonslüüd.

# GEBURTSDAG

Kümmt mien Fro güstern bi mi an: „Segg maal, wat wünscht du di egentlich to'n Geburtsdag?"

Ik segg: „Ik?"

„Jo, du!", seggt mien Fro. „Tokamen Freedag hest du Geburtsdag, hest dat vergeten?"

„Mann", segg ik, „al wedder 'n Johr rüm. Dor sühst du maal, wat de Tied löppt."

„Oh nee, düsse Keerl maakt mi fardig", seggt mien Fro, „hett sien egen Geburtsdag nich in'n Kopp. Un hest du 'n Wunsch?

„Wünsche heff ik veel", segg ik.

„Wat wullt du denn hebben?", seggt mien Fro.

„Ik will nix hebben", segg ik.

„Woso dat denn nich?", seggt mien Fro. „Du hest Geburtsdag!"

„Jo, ik heff Geburtsdag", segg ik, „aver ik will nix hebben. Wat ik hebben will, dat heff ik, un wat ik nich heff, dat will ik ok nich hebben. Un wenn mi würklich wat infallen schull, wat ik noch nich heff un villicht jichenswann maal hebben will – dor is mi dat denn doch lever, wenn ik mi dat sülvst köpen do. Anners is dat jo doch dat Verkehrte."

„Sik för di 'n Geburtsdagsgeschenk uttodenken", seggt mien Fro, „ik mutt seggen, dat maakt richtig Spaaß."

„Och, du kennst mi doch", segg ik. „Dat is so bi mi. Ik bün nu maal keen dörteihn mehr, dat ik al 'n Veddeljohr vörher opgereegt bün, wat ik nu to'n Geburtsdag dat Fohrrad krieg oder nich."

„Wat? Du wullt 'n Fohrrad hebben?", seggt mien Fro. „Du hest doch al een."

„Ik will keen Fohrrad hebben", segg ik. „Aver wenn
mien Fohrrad maal kaputt is un ik denn 'n neet heb-
ben will, denn laat ik mi dat nich schenken, denn
kööp ik mi dat sülvst. Aver wenn du mi unbedingt
wat schenken wullt, kannst du dat denn jo betahlen."
„Dat kümmt överhaupt nich in Fraag", seggt mien
Fro, „denn kann ik di jo glieks Geld schenken."
„Dat is 'n gode Idee", segg ik. „Schenk mi doch Geld.
Denn nehm ik dat, un denn laad ik di to'n Eten in.
Un denn hebbt wi dor beid wat vun un all sünd tofre-
den."
„Woans stellst du di dat denn vör?", seggt mien Fro.
„Dat Geld, dat nehm ik denn vörher ut dien Breef-
tasch, oder wat? Mann, dat is doch nu würklich Tüün-
kraam! Aver ik schenk di wat, dor kannst du noch so
veel snacken. Ik warr mi al wat utdenken. Oh, ik heff
ok al 'n Idee!"
„Un? Wat is dat?"
„Dat schall jo 'n Geschenk sien, un dorüm is dat ok
'n Överraschung", seggt mien Fro. „Op jeden Fall
hest du al maal seggt, dat wöör di good gefallen,
wenn wi sowat harrn."
„So'n grote Espresso-Maschien?"
„Ik segg nix. Dor muttst du al töven bet to dien' Ge-
burtsdag", seggt mien Fro.
„Holl blots op", segg ik, „sowat is veel to düür."
„Du hest sülven seggt, sowat weer ok maal wat för
uns", seggt mien Fro.
„Ach, holl doch op", segg ik, „dat lohnt doch gor
nich för de poor Tassen, de wi drinken dot."
„Ik heff seggt, ik warr mi al wat utdenken", seggt
mien Fro.

72

„Ik will nich, dat du so'n düre Espresso-Maschien kö-
pen deist", segg ik. „Naher lettst du di wat andreihn,
wat nix dögen deit, un wat is denn achterran? Denn
bün ik dat, de loos mutt un allens wedder ümtuschen,
wiel dat de verkehrte is. Jo, dat sünd de richtigen Ge-
schenke to'n Geburtsdag, wunnerbor!"

„Oh Mann, ik heff seggt, ik warr mi al wat utden-
ken", seggt mien Fro. „Un dat do ik ok, dat schall jo
'n Överraschung sien. Aver wenn du meenst, du hest
dat nich eenfach mit mi, ik heff dat mit di ok nich
eenfach, dat glööv man!"

# HARVST

Ik glööv, keen Minsch versteiht mi. Un mien Fro, de versteiht mi ok nich. Jo, ik geev to, ik bün mennig-maal 'n beten afsünnerlich. Dor kann ik nix för, dat kümmt över mi, dor kann ik sülvst överhaupt nix an maken. Ik glööv, dat is de Harvst – jo! Kiek doch maal na buten! De Bläder ward bruun, de Sünn will nich mehr rutkamen, un wenn ik an'n Morgen ut'n Finster kieken do, denn kunn ik glieks wedder mit 'n Koppsprung rin in de Puuch un mi ümdreihn un de Deek övern Kopp. Un wenn een so tomoot is, denn bruukt 'n een, de een verstaht. Aver ik segg jo: Noch nich maal mien Fro versteiht mi.

Segg ik to mien Fro: „Glöövst du, dat ik starv?"

„Jo", seggt mien Fro, „dat glööv ik."

„Wat!?!", segg ik. „Du glöövst, dat ik starv? Is dat dien Eernst?"

„Jo, dat is mien Eernst", seggt mien Fro. „Nich blots dien Unkel Hugo is storven, mien Grootmodder is ok storven, de Neandertaler is storven, un ik bün seker, dat nich utgerekent du de eenzigst büst in de Ge-schicht vun de Minschheit, de de grote Utnaahm is."

„Dat is jo gräsig", segg ik.

„Ach wat", seggt mien Fro, „dat is nich gräsig, dat is dat Leven. Aver wenn ik di so ankieken do, heff ik nich dat Geföhl, dat dat mit di toenn geiht."

„Dat kann 'n nienich weten", segg ik. „Wenn mi nu de Blitz drapen deit?"

„Ehr di de Blitz dröppt", seggt mien Fro, „hest du söss Richtige in'n Lotto. Hest du egentlich Sünn-avend den Lotto-Schien afgeven? Wenn du dat ver-

74

geten deist, un denn sünd dat utgerekent an den Dag uns Tallen, de de Milljoon kriegt, denn kannst du wat beleven, dat segg ik di."

„Och, denn is mi sowieso allens egaal", segg ik. „Wenn de Harvst vun't Johr mit den Harvst vun't Leven tosamenkümmt, denn ward allens gries un düüster."

„Quatsch", seggt mien Fro. „Harvst hett ok anner Sieden. Harvst is de Tied, dor ward de Ernte inbröcht. Dor is de labberige Sommer vörbi. De Harvst hett Kraft, de maakt di fit, dat du den Winter översteihst."

„Un du versteihst mi nich", segg ik.

„Doch, ik verstah di", seggt mien Fro. „Un wenn eerst de Tied mit de Braatappels un Punsch un Wiehnachtskoken kümmt, denn büst du de eerst, de blanke Ogen kriggt, heff ik Recht?"

„Jo, du hest Recht", segg ik.

So is se, mien Fro, günnt mi nix, nich de lüürlüttste Depression.

Aver op den Winter freih ik mi würklich so'n beten. Un dat is ok wohr, so slecht geiht mi dat egentlich gor nich. Na good, villicht versteiht mien Fro mi jo doch – af un an tominnst.

# DAT NEE JOHR

So, nu is dat dor, dat nee Johr, nu geiht dat wedder vun vörn loos: nee Schangs, neet Glück, heet dat doch jümmer. Aver egentlich holl ik dor gor nix vun, sik Sylvester grootordig wat vörtonehmen. Woso glöövt de Lüüd, dat 'n vun een' op'n annern Dag wat ännern kann, blots wiel dat Sylvester is? Dat is doch groten Blöödsinn, sowat.

„Na, wat hest du di denn vörnahmen för't nee Johr?", seggt mien Fro.

„Ik? Woso?"

„Jo, du! Maakt se doch all Sylvester. Dat ole Johr is vörbi, un dat nee is dor. Un denn ward allens över Bord smeten, wat in dat ole Johr unangenehm west is. Un denn geiht allens nee un vun vörn loos. Ik finn dat wunnerbor, sowat."

„Na good, wenn se dat all maakt, denn heff ik mi jo villicht ok wat vörnahmen", segg ik.

„Aha, un wat is dat dütmaal bi di?"

„Johoho, dat warr ik di jüst vertellen", segg ik. „Dat kenn ik doch."

„Wat meentst du dor mit: Dat kennst du?"

„Denn höllst du mi dat in'n Februar al vör", segg ik, „wiel du meentst, dat ik dat sowieso nich dörholen do, wenn ik mi maal wat vörnehm."

„Ach wat, so is dat nich", seggt mien Fro. „Ik harr blots dacht, ik kunn di villicht noch 'n poor Tipps geven, wenn di nix infullen is. Dien Autofohreree to'n Bispill, jo, dat weer doch maal wat: In de Sylvesternacht maakt dat ,klick', un in 't nee Johr is denn allens anners bi di."

76

„Weetst du, wat ik mi vörnahmen heff?", segg ik.
„Gelassenheit is dat Stichwoort. Jo, ik laat mi nich
mehr verrückt maken, wat seggst du dor to?"

„Dor segg ik gor nix to", seggt mien Fro. „Ik tööv dat
af. Un wenn wi tosamen in't Auto sitten dot, un an de
Ampel maal wedder een nich gau noog loosfohren
deit, denn warr ik di dor an erinnern, an dien nee Ge-
lassenheit. So, un nu bring maal de leddigen Buddels
na den Glascontainer, as du mi dat toseggt hest. De
staht dor nu lang noog blang dat Kökenschapp."

„Toseggt heff ik gor nix", segg ik. „Un woso egentlich
jümmer ik? So swoor sünd de Buddels nich. Kannst
du jo ok af un an maal een mitnehmen, du kümmst
dor jüst so good vörbi as ik."

„So veel to dat Thema ‚nee Gelassenheit'", seggt
mien Fro. „Aver ik heff mi ok wat vörnahmen: Ik laat
de Buddels eenfach so lang stahn, bet di dat sülven
op'n Wecker geiht. Maal sehen, wo lang du dat ut-
höllst."

Jo, so is dat. Ik segg jo, dat bringt nix, wenn 'n sik Syl-
vester wat vörnimmt, groten Blöödsinn is dat. Un do-
rüm do ik dat ok nich, tominnst düt Johr nich mehr,
geiht jo ok gor nich.

Un tokaam' Sylvester, dat is noch lang hen. Dor ward
noch veel passeern in de Twüschentied.

# INHALT

## Jasper Vogt
## Kiek maal wedder in!
Hör mal'n beten to-Geschichten
88 Seiten, gebunden, ISBN 978-3-89882-068-4, € 10,60

Jasper Vogt ist ein Glücksfall für die plattdeutsche Szene. Durch seine Theatererfahrung versteht er es ganz besonders, seine Geschichten dramaturgisch und sprachlich so umzusetzen, dass jede für sich zu einem Kabinettstückchen wird. Und natürlich dürfen in diesem Buch die Protagonisten: Opa Möller, sein Neffe, die Freunde in der Kneipe und seine Frau – mit wunderbaren Szenen einer Ehe – nicht fehlen!

**Verlag Michael Jung**
Postfach 2604, 24025 Kiel